神野紗希

女の俳句

ONNANOHAIKU / KOUNO SAKI

ふらんす堂

女の俳句＊目次

はじめに 3
少女 10
乳房 20
姉妹 30
ファッション 40
仕事 48
髪 60
結婚 72
化粧 84
老い 96
友 108
キャラクター 120
妻 132
雛 144
水着 156
母 168
正月 180
名前 192
産む 204
言葉 216
家事 228
肉体 240
育児 252
恋愛 264
遊び 276
女 288
あとがき

装画／イラスト・今日マチ子

はじめに

高校時代から付き合っている女友だち、Aちゃんの部屋に遊びにいったときのこと。紅茶を淹れてもらっているあいだ、なにげなく本棚を見ていたら、ラインナップにくぎ付けになった。『愛されて成功する！　女の運の磨き方』『可愛い女の知恵袋』『大好きな彼を必ず手に入れる！　恋愛心理術』……。いわゆる、女性向けの自己啓発本のたぐいだ。どの本もおしなべてピンク色の装丁、帯には「恋愛だけはうまくいかないあなたへ！」「必読！　女のバイブル」などと、うたい文句がポップな字体で躍っている。

書店に並んでいるのを横目で見たことはあるけれど、自分で手にとってみることはなかった。「読んでいい？」とことわって、ページをひらく。中には、カフェでの脚の組み直し方や、喧嘩したときのメールの送り方など、〝女らしく〟生きるための how to が具体的に書かれている。どんなしぐさが愛されるか、どんな言葉が男性の気持ちを引きつけるか。ここに書かれている女らしさが、誰のための女らしさかは一目瞭然だ。

マンゴーの紅茶の香りにうっとりしつつ、Aちゃんに本を読んだ成果を聞いてみると、一冊を手にとって「この本買ってから、彼氏ができたんだ！　仲良くやってるよ」と満面の笑み。それから一年足らずで、Aちゃんはその彼と晴れて結婚し、今では二児の母として、幸せそうに暮らしている。信じれば、一定の効果は見込めるらしい。

啓発本は読まない私も、小さいころから、女として育てられてきた。母は、赤いチェックのスカートやひまわり柄のワンピースを仕立ててくれ、もちろんランドセルは赤。女友だちの間では「セーラームーン」などの少女漫画が話題になり、みんな同じようにスカートの丈を短くする。小さいころは男子と学校の廊下を走りまわっていた私も、いま現在「オレはさ」なんて名乗らないし、牛丼をかきこんで「うめぇ!」と言ったりもしない。生まれてからこれまで、三十余年の間に、私はすこしずつ学習して、〝女〟を身につけてきたような気がする。

でも、そんなことを考えながらシャワーを浴びているとき、目の前の鏡に映っている体は、間違いなく女性のそれなわけで。胸はでっぱっているし、下半身もつるんとしている。育つ過程で後天的に女になってゆくという真理も正しいけれど、一方で、生まれたときからすでに女であるという肉体的事実もまた、動かしがたい現実として眼前にある。

「ふらんす堂通信」の連載を担当することになって、編集のUさんと「どんなテーマにしましょうか」と話し合って決めたのが、この「女の俳句」というテーマだった。いわゆる「女性俳句」とは違う、新しい方向性を目指したいね、というのが共通理解だった。

今も昔も、女の俳句というと、いわゆる「女性俳句」をイメージする人がほとんどだろう。「女性俳句」とは、女性俳人が詠んだ俳句を指す呼び名だ。しかし、昔からこの、作者の性別によるカテゴライズには抵抗があった。

そもそも、俳句に惹きつけられたのは、高校生のとき。はじめて参加した句会で、そのシステムに驚いた。持ち寄った句を無記名で一覧にして、誰の作品か分からないようにした状態で、興味を引かれた句について、互いに意見を述べ合う。句会では、先生もベテランも初心者も、社長も部下も、男も女も、その人の属性は一切考慮されない。ただ、一人の人間として句を投じ、十七音のテキスト情報のみで、作品を受け止めてもらえる。当時、女子高校生という属性を備えていた私も、句会の場では、女であること、高校生であることから自由になれた。点が全く入らない日も、すがすがしかった。なんて平等な詩型なんだろう！

しかし、俳句を続けてゆく中で、句会以外の俳句にまつわる場では、まだまだ、女であるという属性でカテゴライズされる機会が多いのだと知った。俳句総合誌から「百花繚乱！女性俳句」「女性俳人五十名、華やかなる現在」などといった特集に俳句を寄稿してくださいと言われるたび、複雑な気持ちになった。対して「イケメン揃い！　男性俳句」「男性俳人五十名、ますらをぶりの復興」などと、男性だけを取り上げる特集はほぼない。

作者が女であることを消費するだけでは、女が書くことを特別視する前時代的な価値観を引き継ぐだけで、新しい時代の表現はいつまでも見えてこないだろう。しかし現状、女性を花と見立てたり、華やかであれと無意識に強制したりする旧式の価値観は、この世界に今も厳然と横たわっている。

こういうことを書いたり喋ったりすると「でも、紗希ちゃん、かわいいワンピース着るじゃない。じゅうぶん女らしいよ」と言ってくる人もいる。女らしさを押し付けることを批判するには、女らしいとされてきた全てを拒否して、似合わないズボンを履かなくてはいけないのか。それは違うだろう。誰のためでもなく自分のために、体型や好みに合った服を選ぶ自由すら、まだなかなか認められないのである。

男女平等。そうあってほしい。でも現実的に、女は昔も今も、「女らしさ」の枠組みと、ときに折り合いをつけ、ときに格闘しながら生活している。そうして世の中といろんな距離の取り方をしながらそれぞれに生きてきた女たちの姿を捉えるためには、女性俳人の詠んだ俳句に注目するよりも、むしろ、作者の性別に拘わらず、女がどのように俳句の中に描かれてきたのかを検証するほうが、有効なのではないか。女たちがうまく立ち回りあるいは我慢するがゆえに見えにくい葛藤や、女たちがひそかに私有してきた喜びは、目に見える場所には表れにくい。けれど、本音を写し取るのに長けた俳句の中には、いきいきと息づいているはずだ。

そんなことを思いながら過去の文章をあれこれめくってみると、私が気になっている「女性をテーマや素材にして詠んだ俳句」という視点で書かれたものは、意外と見当たらない。やはり、「女」を逃れられない作者の性別として主観的に捉えるのではなく、俳句の中に出てくる一つの表象として客観的に捉えてみることで、見えてくる何か、解放される何かがあるかもしれない。

そこで連載では、「女が詠んだ俳句」ではなく、「女を詠んだ俳句」を取り上げることにした。必然、選ぶ句の中には、男性作者が詠んだ俳句も入ってくる。男から見た女と、女から見た女。その違いがおりおり明らかになるのも、また興味深かった。

連載は毎回、女にまつわるテーマを決めて句を選んだ。「少女」「老い」といった世代的な区切りを設けたり、「恋愛」「結婚」「仕事」といった人生のステージ別に考えたり。「乳房」「髪」といった身体的なキーワードや「化粧」「ファッション」「遊び」など、女について考える上で示唆を与えてくれるだろうテーマを採用した。

少女時代や恋愛、乳房や子宮といったあたりの感覚は、私も連載を始めるまでの人生ですでに経験していたが、一方で、結婚や出産、老いのあたりは、未経験の出来事だった。女であることのあれこれをすべて体験できるとはかぎらないと思いながら、ときには来し方の思い出を語り、ときにはこの先への憧れや怖れを語っていこうと心に決めた。一句にうなずき、一句に反発し、一句に教わりながら、ひとつずつ読んでいく六年間のうちに、いつしか私自身も結婚し、息子が生まれ、今がある。

たまたま女として生まれ、女として生きてきた私が、その偶然性を引き受けながら、日々の中で感じていることを正直に語ってみたい。よろこびや怒り、不安や期待を、俳句の胸を借りて語ってみたい。そうすることで、「女」や「女らしさ」のあり方を客観視することができるのなら、今この時代にあえて「女の俳句」をテーマとする意味もあるはずだ。

全二十五回の文章は、連載した順に並べた。だから、前半ではまだ結婚も出産もしていない二十代の私が真剣に悩んだり、後半では育児に髪を振り乱す三十代の私が顔を出したりする。連載した六年間がちょうど、人生の大きな変化に直面する時期だったことは、女について考える上で大きな刺激となった。文章の中で成長あるいは変化してゆく私を、あたたかく見守っていただければ幸いである。

「らしさ」の枠組みに苦しんでいるのは、女だけではない。男らしさ、夫らしさ、父らしさ、若者らしさ、老人らしさ、その他この世界にはさまざまな「らしさ」がある。そんな「らしさ」と現実とのはざまでもやもやしている人たちにとっても、これまで「女らしさ」のベールのうちにありながら自分の生き方を選び取ってきた女たちの姿の中に、共鳴し、励まされるものがあるかもしれない。

俳句の中の女たちの声に、耳を澄ませてみよう。そこにはきっと、これからの時代を生きてゆくための、未来へのヒントがあるはずだ。

もうすぐ平成の終わる春のあかつきに

神野紗希

女の俳句

おんなのはいく

少女

しょうじょ

白馬を少女瀆《けが》れて下りにけむ　西《さい》東《とう》三《さん》鬼《き》

茜さし童女比ぶるものもなく　高屋窓《そう》秋《しゅう》

おしっこの童女のまつげ豆の花　渡邊白《はく》泉《せん》

少女寝て人形起きてゐる朧《おぼろ》　髙柳克弘

ほのかなる少女のひげの汗ばめる　山口誓《せい》子《し》

少女充実あんず嚙《か》む眼のほの濁《にご》り　堀　葦《あし》男《お》

湯の少女臍《へそ》すこやかに山ざくら　飯田龍太

燕の巣盗れり少女に信ぜられ　寺山修司

螢火を少年くれる少女くれず　橋本美代子

猟銃の鉄の感触少女に貸す　草間《くさま》時彦《ときひこ》

あぐらかく少女に夏炉燃えはじむ　加藤三七子

メーデースクラム麺麭《ぱん》の匂ひの少女たち　熊谷愛子

運動会少女の腿の百聖し　秋元不死男《ふじお》

兎抱く二人の少女露けしや　山田みづえ

草の実や女子とふつうに話せない　越智《おち》友亮《ゆうすけ》

秋終る少女が描く円の中　林田紀音夫《きねお》

牛久のスーパーCGほどの美少女歩み来しかも白服　関　悦史

少女らに成年われにローザの忌　安東次男《つぐお》

誰もが経し少女期雪は埃臭し　津田清子

窓をひらいて少女被弾す涼しい未来　阿部完市

女性の人生の中で、まずはじめに訪れるのが少女時代だ。どんな女性でも、かつて一度は少女だった。イノセントでモラトリアムな〝あのころ〟を、女性はみんな持っている。

そもそも少女というのは、何歳から何歳までを指す言葉なのだろう。一般的な感覚では、幼稚園児も高校生も、少女と呼べる気がする。実際、広辞苑にも「①こむすめ。童女。②律令制で、四歳以上十六歳以下の女子の称。③女子の謙称。」とある。また、少女という概念は女学校の設立によって生まれたという説もある（今田絵里香著『「少女」の社会史』）。かつての日本では、初潮を迎えたら婚姻へ、という女の人生のエスカレーターがあったが、明治期に整備された学校教育によって、モラトリアムを過ごす未成年女性、すなわち少女という概念が生まれたという。

少女の市場的価値は非常に高い。古くは『源氏物語』の紫の上から、現代のアニメ「けいおん！」まで、少女という存在は千年以上、欲望の対象だった。

その特性はまず、処女であることだろうか。まだ誰のものでもない女としての少女は、理想の女性として文学にも描かれてきた。

白馬を少女潰れて下りにけむ　西東三鬼

白馬に乗った少女が馬上から降りたところを詠んでいるわけだが、三鬼は、馬にまたがることで少女の何かが潰れてしまったと見た。潰れとは、正しさ・清潔さ・神聖さなどが損なわれ、汚れてしまうこと。「汚れ」ではなく「瀆れ」の語を選んだことで、単に泥や埃に汚れたことを指すだけでなく、本質的な変化であることが窺《うかが》える。おそらく、ここでの「馬にまたがる」には、性行為のメタファーとしてのほのめかしもあるだろう。処女を失った少女を象徴的に描いているのだ。その馬が清らかな白であることがかえって邪悪さを増す。

茜さし童女比ぶるものもなく　高屋窓秋
おしつこの童女のまつげ豆の花　渡邊白泉

新興俳句の旗手、窓秋と白泉の二人の童女の句を並べてみた。童女といえば、少女よりさらに幼い、小学校に上がる前くらいの女の子だろうか。一句目、茜さす光の中に立つ童女が、ほかと比べようのないほど尊い存在であると実感した。「さし」「なく」と言いさした表現に、語り切れない思いがあふれる。二句目、豆の花は、花弁が薄くふわふわとしていて、風に吹かれると細かく動く。放尿の快楽のただ中にいる童女のまつげも、豆の花のように可憐で、かすかに震えているはずだ。

少女の第二の特性は、若いことだ。若さは何より肉体に表れる。〈浴衣着て少女の乳房高からず　高浜虚子〉〈運動会少女の腿の百聖し　秋元不死男〉などは、乳房や腿など、スタンダードに女性性を感じる部位に着目しているが、次の二句は少し違った角度から少女の肉体を捉えている。

ほのかなる少女のひげの汗ばめる　山口誓子

湯の少女臍すこやかに山ざくら　飯田龍太

誓子はひげ、龍太は臍に着目した。一句目、ひげといえば男性のイメージだが、実際には女性にもうっすらと生える。この少女はまだ顔の産毛を剃るたしなみを知らない。その産毛のひげが汗ばんで、すこししっとりとしている。執拗なまでの少女の肌へのクローズアップは、浴衣の乳房をあっさり詠んだ虚子の句より、ずっとセクシャルだ。

二句目、風呂に入っている少女の臍がすこやかだという。臍がすこやかだという把握がまず面白い。「山ざくら」というのびのびとした素朴な季語が置かれたことで、里山育ちの少女の健康的な身体や、桜のようにほのかに色づく肌の色まで想像できる。

第三に、少女の特性は、その無垢な奔放にもある。理性よりも感情が先走る行動や言動に、振り回されてしまう者も少なくない。

燕の巣盗れり少女に信ぜられ　寺山修司

高いところにある燕の巣を、危険を冒して盗ろうとする少年。「あの巣が欲しい」と、少女に純粋な瞳で見据えられた彼は「私を信じているこの少女を、裏切るわけにはいかない」とたじろいだだろう。そして、己のみならず、燕という他者の命をもないがしろにして、少女の期待に応えようとした。まるで『竹取物語』の「燕の子安貝」のエピソードのようだ。燕の巣を欲しがる少女は、ちょっと残酷である。そもそも、少女というのは、残酷でわがままなものなのかもしれない。彼女は、彼の心からの贈り物を喜んでくれただろうか。

寺山に「海を見せる」（『寺山修司少女詩集』）という詩がある。海を見たことがない病床の少女に、海とは何かを説明すると「青い水なんてあるのかしら」と笑われた。少年は「見せてやる」といって、海の一番青い部分からバケツいっぱいの潮水を汲んでくる。ところがそれを覗きこんだ少女は、青くない、「うそつき！」となじる。少年は返す言葉もなく「たしかに、さっきまでは海だったのに！」と嘆《たん》じた……。燕の巣を手にした少女もまた、それが自分の欲しかったものではないことに、すでに気づいているのではないだろうか。

螢火を少年くれる少女くれず　橋本美代子

わがままで独占欲の強い少女の一面を捉えたユニークな句だ。はにかむ少年と、ツンとしている少女の様子が、互いの存在によって、より際立つ。

猟銃の鉄の感触少女に貸す　草間時彦

こちらは、猟銃というおどろおどろしいものを、少女という無垢な存在と組み合わせた対比の面白さを読みとることもできるが、むしろ、虫も殺せなそうな少女に銃を与えることで、少女の隠し持っていた残酷さが引き出されたと見たい。この少女の瞳は、きっと初めての「鉄の感触」に、きらきらと輝いているだろう。私は、この句を見ると「カ・イ・カ・ン……」とつぶやく薬師丸ひろ子のセーラー服姿をつい思い浮かべてしまうのだが、あの映画も、銃を取り合わせることで、少女の中の奔放を引き出す効果があった。

では最後に、女性にとって、少女という表象は、どんな意味を持つのだろうか。

あぐらかく少女に夏炉燃えはじむ　加藤三七子

メーデースクラム麺麭の匂ひの少女たち　熊谷愛子

一句目、スポーティーな少女だ。高原をめぐり来て、いま夏炉の前にぽーんと腰を下ろした。炎に照り映える瞳の輝き。二句目、メーデーでスクラムを組んでいる女学生たち。香ばしい麺麭の匂いに、少女たちの身体のすこやかさを感じる。ごはんではなく麺麭であるところに、当時は今以上に新鮮な明るさがあったはずだ。

これら女性作者の少女の句からは、自由で活発な少女像が浮かび上がってくる。女性にとって少女とは、欲望の対象ではなく、かつての〝私〟なのだ。

誰もが経し少女期雪は埃臭し　津田清子

大人になって、かつての少女期を振り返っている句だ。「雪は埃臭し」とは、あまり気持ちのいい把握ではない。清子が関西に生まれ育ってきたことを勘案《かんあん》しなくとも、大阪や東京など、都会の雪の匂いがする。少女期には、同じ雪でも甘美に感じられただろうか。お世辞にも綺麗とは言えない埃臭い雪を敢えて詠むところに、これまでを生き抜いて、今ここに立っている作者の矜持《きょうじ》を感じる。かつての少女期を懐かしみながらも、美しさより埃臭さを、ロマンより現実を見据えている今を、肯定している姿勢が見える。

少女らに成年われにローザの忌　安東次男

ローザとは、ドイツの女性革命家ローザ・ルクセンブルクだろう。少女らがいつかは成人して大人になってしまうように、ローザの死によって私の青春も終わってしまったというのだ。対句《ついく》仕立てにすることで、「少女」と「革命」とはよく似ており、また成年することが少女という存在の終焉をも意味するという真実が浮かび上がってくる。

少女期というのは、すべての人にとって美しい一時の夢なのである。

ぶらんこに眠る少女の名はひかり

紗希

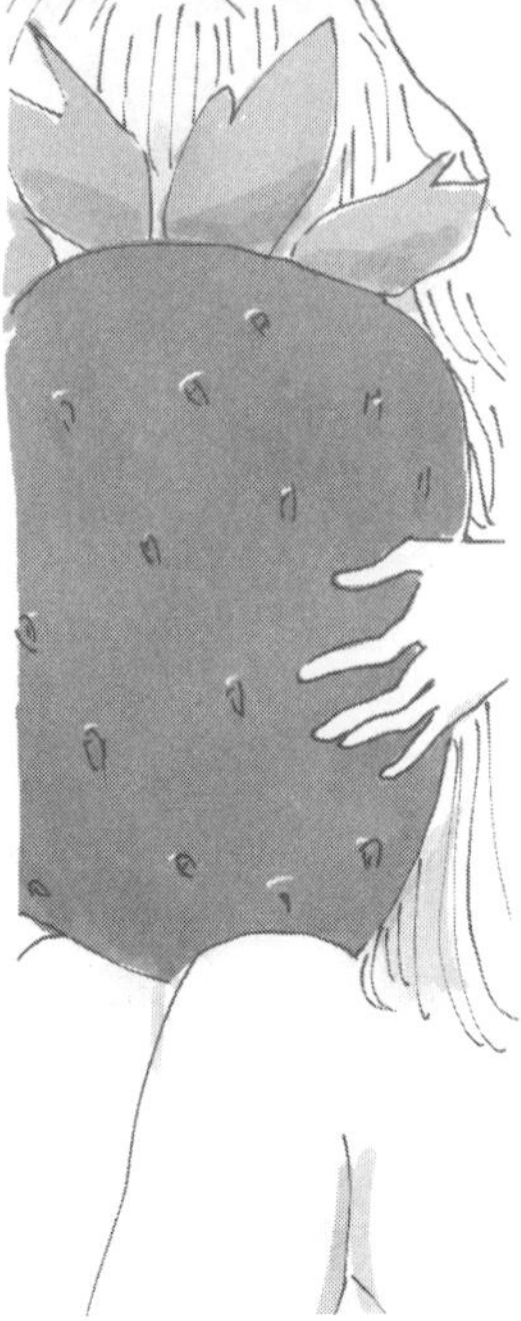

乳房

ちぶさ

おそるべき君等の乳房夏来る　西東三鬼

腹這へば乳房あふれてあたたかし　土肥《どい》あき子

人類の旬の土偶のおっぱいよ　池田澄子

乳房みな涙のかたち葛の花　中嶋秀子

執拗な夏風邪女医の胸隆《たか》し　森田智子

浴衣着て少女の乳房高からず　高浜虚《きょ》子《し》

ふところに乳房ある憂《う》さ梅雨ながき　桂《かつら》信《のぶ》子《こ》

すばらしい乳房だ蚊が居る　尾崎放《ほう》哉《さい》

乳房の谷に日光籠《こ》めて昆布干す　齋藤　玄《げん》

大乳房たぷたぷ垂れて蚕飼《こがい》かな　飯田蛇笏《だこつ》

今川焼あたたかし乳房は二つ　飯田龍太

鶏頭と鏡の中の乳房かな　今井　聖《せい》

妊《みごも》りの乳房が熱し落葉山　辻　恵美子

乳房と拳銃ばかりの看板東京涸れ　楠本憲吉

乳房に　ああ満月のおもたさよ　富澤赤黄男《かきお》

乳房嵩《かさ》なし死者の形に落着けば　林田紀音夫

子のための又夫のための乳房すずし　中村草田男《くさたお》

花冷のちがふ乳房に逢ひにゆく　眞鍋呉夫《くれお》

スエターの胸まだ小さし巨きくなれ　京極杞陽《きよう》

仰山《ぎょうさん》の乳房入りゆく春の山　山尾玉藻《たまも》

こんな小咄がある。

ある金持ちの実業家の男が、そろそろ結婚しようと考えた。候補女性は三人。彼は三人に一千万円ずつ手渡し、それをどのように使うかで結婚相手を決めると告げた。一人目は「あなたのためにプレゼントを買うわ」。二人目は「あなたのために、綺麗になるわ」と着飾る宝石に費やした。三人目は「あなたとの未来のために、もっとお金を増やすわ」と言って、一千万円を元手に投資して成功した。さて、実業家は誰を選んだのかというと……三人の中で、もっとも胸が大きい女性だった。

つまり一千万円の使い道は、彼のパートナー選びにとって、胸の大きさほど重要ではなかったというオチなのである。

実際は「胸の大きさなんて関係ないよ」という男性もいるはずだが、コンビニへ行けば、グラビアアイドルが豊満な水着の胸を誇る週刊誌の表紙が並ぶ。まあ、大きい小さいは別にして、女性の身体的特徴としてまっさきに挙げられるのは、やはり乳房だろう。それは先史の昔から変わらない。

人類の旬の土偶のおっぱいよ　池田澄子

かつて土偶を作っていた素朴な時代こそが人類の旬であるという独自見解を、かろやかに肯定する「土偶のおっぱい」の存在感。土でたっぷりと盛られた豊かな乳房は素朴そのものであり、私たちのDNAに潜む懐かしさをくすぐり出す。「おっぱい」という幼児語からも、原初の時代のおおらかな空気がふくらむ。

土偶に女性をかたどったものが多いのは、産み育てる性が神格化されていた証だ。平塚らいてうの「元始女性は太陽であつた」という名言を待たずとも、女性は第一の性として世界の中心をなしていた。ひるがえって現代は、原初に比べ、男性も女性もなんと多くの役割が求められることだろう。

さて、乳房を詠んだ中で一、二を争う有名句といえば、おそらく次の二つだろう。

おそるべき君等の乳房夏来る　西東三鬼

ふところに乳房ある憂さ梅雨ながき　桂　信子

三鬼の句、初夏の日ざしの中を闊歩する女性たち。登校する制服の女子高生でもいいし、ランチのために銀座を歩く会社員でもいい。冬と違って薄着なので、ブラウスの胸がよく目立つ。戦後まもなくの作という時代背景を踏まえると、三鬼にとってこの眩しい光景は、抑圧された時代をこえてやってきた新たな時代の輝きの象徴なのだと了解できる。

歓迎すべきものであるはずの乳房を、三鬼はあえて「おそるべき」と形容した。そのことで、女性たちの強さやはじけるような肉体、その生命力に圧倒されている男たちをも表現している。そもそも「おそる」には、怖がるという意味のほかに畏敬するという意味もある。ただ怖がっているだけではなく、まさに女性を太陽のように崇めているのだ。含羞《がんしゅう》の生命賛歌である。

　信子の句は、女性にとっての乳房の存在を直截《ちょくさい》に捉えた句だ。自分のふところに乳房があることを、誇るのではなく「憂し」、つまり嫌だと思っている。鬱陶しい季節の筆頭である長梅雨を取り合わせたところをみると、よっぽど辛いのだ。さて、なぜなのか。

　ひとつは単純に、胸に乳房があるのが物理的にめんどうであるということだろう。男性は性愛のいっとき乳房の重量を楽しむのみだが、女性にとってはその重さが日常なわけで、慢性的な肩凝りの原因にもなる。梅雨どきになると暑くなってきて乳房にも汗をかくので、ブラジャーがむれて不快指数が高くなる。和服ならば胸をつぶして帯を結ばねばならず、窮屈この上ない。女性にとって乳房というのは、扱いのめんどうな突起物だ。必要に応じて取り外したり付けたりできないものか。ポータブル乳房。まったく色気のない発想だが、これが女性にとっての乳房のリアルである。

　もうひとつ、乳房がある＝女であることが「憂さ」の原因だと考えることもできる。女に生まれたことで叶わないあれこれを思うにつけ「ふところに乳房ある憂さ」とつぶやきたくなる気持ちは、痛いほどよく分かる。信子には他に〈乳首より出づるものなし萩枯る〉という句もある。乳房というのは産む性としての自分を意識せざるを得ないものでもあるから「産む／産まない」に対したときに立ち込める憂さもあっただろう。

いずれも二人の代表句となっているところを見ると、現代社会においても、乳房は女性のありようを示す重要な象徴として認識されているようだ。

乳房には古来から「良い乳房」と「悪い乳房」という二つの見方があった。すなわち、子に乳を与え育てる母の乳房と、男性を誘惑する乳房である。「聖なる乳房」と「性なる乳房」と言い換えてもいい。

妊りの乳房が熱し落葉山　辻　恵美子

乳房と拳銃ばかりの看板東京涸れ　楠本憲吉

前者は良い乳房、後者は悪い乳房をそれぞれ描いている。恵美子の句、妊娠した体で落葉山にやってきたのだ。いつか生まれてくる子に授乳するために、すでに乳房が張ってきているのが分かる。落葉のふかふかが着床した子宮のやわらかさを思わせて、不思議な空間の層を作り出している。身ごもったことのない私は、分かるという共感でなく、そういうものなのかという新鮮な驚きでこの句を眺める。憲吉の句はまさに〝セックスアンドマシンガン〟だ。拳銃は男性のペニスの暗喩として、乳房とともに看板の構図に組み込まれ、「涸れ」たドライな東京を視覚的に象徴している。

子のための又夫のための乳房すずし　中村草田男

乳房のもつ聖と性を端的に提示した。末尾の「すずし」は心地よさげで、草田男がいかに女性を美しく神格化していたのかが分かる配合だ。まあ、女からしてみれば「子のための又夫のための乳房暑し」と、現実の暑苦しさを示したいところではあるが。

執拗な夏風邪女医の胸隆し　森田智子
腹這へば乳房あふれてあたたかし　土肥あき子
乳房わたすも命渡さず鵙高音　中嶋秀子

女性作者の句を並べた。一句目、夏風邪がなかなか治らないので病院に来ると、診てくれた女医が巨乳だった。自分が弱っているときだからなおさら気後れしたのだろう。二句目、腹這うとたしかに乳房が横に広がる。「あふれて」と表現することで乳房が水のようにみずみずしくたっぷりと感じられる。三句目、乳がん手術で乳房切除を迫られることもある。乳房のかわりにひしと命を抱く私を、鵙は笑っているのか、それとも強く生きろと告げているのか。運命の汀に立つ緊張感を伝える声だ。

浴衣着て少女の乳房高からず　高浜虚子
スエターの胸まだ小さし巨きくなれ　京極杞陽

師匠・虚子と弟子・杞陽。二人とも、ふくらみはじめた少女の胸を品定めしている。さしずめ紫の上を愛でる光源氏の気分だろうか。

大乳房たぷたぷ垂れて蚕飼かな　飯田蛇笏
今川焼あたたかし乳房は二つ　飯田龍太

今度は父・蛇笏と息子・龍太。一句目、「たぷたぷ」というオノマトペで、養蚕《ようさん》に働く女性のなまなましい肉体が切り取られている。今川焼も負けず劣らずインパクトのある句だ。今川焼がまだほんのりあたたかいのを乳房の体温と似ていると言いたいのか。「乳房は二つ」、では今川焼はいくつ？　この二句は男性の句でありながら乳房が欲望から解放されていて快い。

乳房みな涙のかたち葛の花　中嶋秀子

乳房を涙のかたちになぞらえたことは、その滴るような形の類似を指摘するのにとどまらず、さまざまな場面で女が流してきた涙を想起させる。荒涼たる葛が咲かせる花のように、女は風にさらされながら生きている。

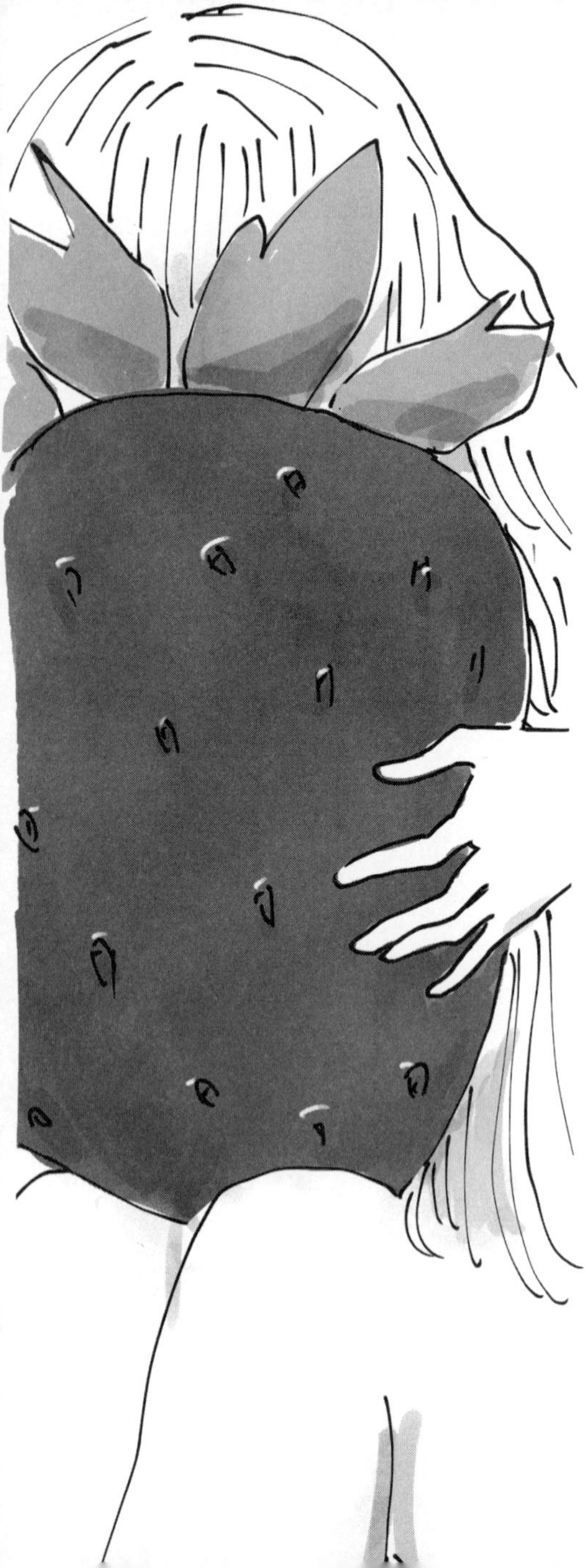

うつぶせの乳房が熱し春の夢

紗希

姉妹《しまい》

姉の家といふしりとりのやうなもの　外《と》山《やま》一《かず》機《き》

妹の嫁ぎて四月永かりき　中村草田男

かそけくも喉鳴る妹《いも》よ鳳仙花　富田木《もっ》歩《ぽ》

赤とんぼそこにもここにも妹が　坪内稔典

姉ゐねばおとなしき子やしやぼん玉　杉田久《ひさ》女《じょ》

妹の前髪厚く蜜柑むく　如月真菜

最後と思はざりき姉のうしろ窓あり椿の木　中塚たづ子

母の忌や一つ日傘を姉とさし　渡辺恭子

姉とゐる水羊羹のやうな闇　鳥居真里子

小鳥来て姉と名乗りぬ飼ひにけり　関　悦史

蘆《あし》の花安寿は乳房持たざりき　髙柳克弘

薪をわるいもうと一人冬《ふゆ》籠《ごもり》　正岡子規《しき》

石垣の上の姉より柘《ざ》榴《くろ》受く　廣瀬直人

叱られて姉は二階へ柚子の花　鷹《たか》羽《は》狩《しゅ》行《ぎょう》

春闌《た》けて蔓《つる》物《もの》多き姉の閨《ねや》　攝《せっ》津《つ》幸彦

あねいもと性異なれば香水も　吉屋信子

姉母似妹母似鳳仙花　坊《ぼう》城《じょう》俊樹

姉若く妹老いぬ夏蜜柑　小澤　實《みのる》

雁《かり》啼《な》くやひとつ机に兄いもと　安住　敦《あつし》

寒月下あにいもうとのやうに寝て　大木あまり

友人のN姉妹は、二人が一緒にいると、まるで友だち同士に見える。軽快な突っ込みを交えた会話。ワンルームに二人で住んでいたころは、一緒に料理を作ったり服を共有したりしていたそうで、昨日は姉が着ていたコートを、今日は妹が羽織ってきたりした。遅刻してきた姉を妹が「信じられん」と怒っている姿は、姉妹の立場が逆転したようだ。しかし時に妹のことを心配するその姿は、母のようにも見える。不思議な関係である。私は弟が一人いるきりなので、そんな二人を新鮮に思い、眩しく見つめる。

姉妹という存在を眩しく思うのは私だけではないと実感するのは、姉妹の登場する小説やアニメを目にするときだ。たとえば、谷崎潤一郎の『細雪』。大阪を舞台に四姉妹の悲喜こもごもを描いた小説だが、実際には男の谷崎が想像して書いているわけで、姉妹の実像というよりもなお、こうあってほしいという欲望の対象としての姉妹なのである。深夜に放映されているアニメの類に至ってはその欲望があからさまで、主人公の冴えない男子には、たいてい可愛い妹がいて「おにいちゃあん」と猫のようにまとわりついてきたり、きれいな姉がいて「あら、まあ」と上品に微笑みながらあれこれ世話を焼いてくれたりする。アニメは極端な例だが、姉や妹というのは多かれ少なかれ、描かれた瞬間に、姉らしく、妹らしく、理想的な存在として作品の上に刻印される運命にあるようだ。それは俳句とて同じこと。

姉の家といふしりとりのやうなもの　外山一機

妹の前髪厚く蜜柑むく　如月真菜

一機の句、姉の家をしりとりになぞらえた。嫁いだ姉の家にお邪魔しているのだろう。紅茶を淹れてくれる姉。会話は何となくたどたどしい。しりとりは、相手が言葉を発してから返答をするまでに間ができる。「りんご」ときたら「ご、ご……ゴリラ」。答えるまでに「……」の間があるのが、しりとりという言葉遊びだ。特異な比喩により、しりとりのようにぽつりぽつりとやりとりされる会話が連想される。また、しりとりは言葉を音で繋いでいくので、シニフィエ＝その語の指し示す意味が希薄だ。「コップ」といったとき、それは「コ」で始まって「プ」で終わる「コップ」という語の音が重要なのであって、言葉の指示するコップという物体はあまりイメージされない。姉の家もそこで交わされる会話も、そんなしりとりの言葉と同じようにどこか表面的なのだろう。幼いころから僕と一緒に暮らしてきた本当の姉はどこにいるのかという思いがざわめく。

真菜の句、「前髪厚く」は子どもっぽい印象だ。蜜柑は庶民的な果物だから、ざっくりとしたセーターでも着て、炬燵でくつろぎながら、蜜柑の皮を剝いている妹の姿が見えてくる。厚い前髪が目立つのは、うつむいて蜜柑を剝いているから。部屋の中で一心に蜜柑を剝いている様子は、妹というものが守られる存在であることを象徴している。

姉とゐる水羊羹のやうな闇　鳥居真里子

姉や妹の知らない表情を垣間見たとき、妹の場合はかわいらしさや愛おしさにつながりやすいのに対し、姉の場合はどこかドキリとするような、見てはいけないものを見てしまった禁忌のような気配が漂う。姉は私に先んじてこの世に存在している、私より大人な存在だ。さらには姉として、ときには自分の素直な気持ちを抑えてきたかもしれない。妹や弟からはうかがい知ることのできない姉の闇は、水羊羹のように甘く濃密だ。

次も、女性俳人が姉を詠んだ二句。

最後と思はざりき姉のうしろ窓あり椿の木　中塚たづ子

母の忌や一つ日傘を姉とさし　渡辺恭子

中塚たづ子は自由律俳人・中塚一碧楼《いっぺきろう》の妻。亡くなった姉との最後の面会を思い返しているのだ。あれが最後と思わなかった、あのとき姉の背後には窓があって、その窓の外には椿の木があったわ……。心の眼が記憶の風景を追う。向き合う姉から窓の椿へ視線がずれてゆくことで、姉が逆光によってシルエットとなり、表情が見えなくなってゆく。

二句目、母の忌日に墓参をするのだろう。妹である私か姉のどちらかが日傘を携えていて、日差しが強くなったので、もう一人にそれを差しかけ相合傘をしている。母という傘の下で守られていた私たち姉妹。〈姉母似妹母似鳳仙花　坊城俊樹〉でも母が基準となるように、姉妹というテーマには、女としての先達である「母」の存在がちらつく。

寒月下あにいもうとのやうに寝て　大木あまり

蘆の花安寿は乳房持たざりき　髙柳克弘

兄と妹、姉と弟の組み合わせもある。あまりの句、「やうに」だから本当の兄妹ではないのだ。あなたと私、まるで兄と妹のように、冷たい月光に照らされながら、寒い夜を寄り添って眠るの、といったところだろうか。兄妹みたいに寝るという比喩は、そこにセックスがないことを意味すると同時に、近親相姦的な禁忌の雰囲気も匂い立たせる。きっともう、父母のように頼るべきものは、すでにない。「寒月下」の厳しさが、甘やかな記憶へと還ることを遮り、二人を二人ぼっちにする。克弘の句は「安寿と厨子王」の説話を下敷きにしている。残酷非道な長者・山椒大夫から弟の厨子王を逃がしてその命を絶った安寿。姉として弟を守り切った彼女も、実際にはまだ乳房のふくらみを持たない子どもだったというところに切なさが滲む。「蘆の花」は厨子王が逃げる途中に駆け抜けたであろう蘆原をイメージさせる。ほきりほきりと折れてしまうあの蘆の感触も、儚い姉の生を思わせて。

薪をわるいもうと一人冬籠　正岡子規
かそけくも喉鳴る妹よ鳳仙花　富田木歩

俳句で妹といえば、まず思い出すのが正岡子規の妹・律《りつ》である。脊椎カリエスで病床にあった子規を献身的に介護したことで知られ、子規の句にも繰り返し詠まれた。中でも、掲句は一番有名だろう。冷たい風の吹く中、家族のために妹が薪を割る音が、小さな庭に響く。力仕事にいそしむ働き者の律は、幼いころ、弱虫でいじめられては逃げて戻る兄・子規をかばい、石を投げて兄の敵討ちをしたという。お兄ちゃんには私がおらんと。そんな妹の献身を描くのに、子規はあえて「一人」と置いた。孤独を際立たせるというよりもむしろ、律が子規にとって唯一無二の存在であることを自覚しての一言だろう。

木歩の句は「病妹」と前書のある二句のうち。木歩の家は貧しく、姉二人に加えて妹・まき子も向島の芸者にとられた。そのまき子が肺病を患い実家に戻ってきた、療養中の句だ。荒い呼吸が喉を鳴らす音を形容した「かそけし」は、そのまま妹の儚い命の形容でもあったろう。鳳仙花が幼いころの溌剌《はつらつ》とした妹を思わせて、余計悲しい。

石垣の上の姉より柘榴受く　廣瀬直人
叱られて姉は二階へ柚子の花　鷹羽狩行

春闌けて蔓物多き姉の閨　攝津幸彦

男性作者の姉の句を並べた。一句目、石垣の上から柘榴を渡してくれる姉。スケッチ風の一句でありながら、この柘榴、イブからアダムへと手渡された禁断の果実の趣もある。二句目、叱られた姉は二階で声を抑えて泣くのだろう。階段を足早に上がる音が聞こえる句だ。「柚子の花」の可憐な白と爽やかな香りとが、姉の清らかさを示唆《しさ》している。三句目は対照的に「姉の閨」を詠んだ。自分の知らない姉の性を、寝室にはびこらせている観葉植物の蔓物に見てとった。蔓のように絡みついて離さない姉のイメージはエロチック。エロスの季節である春が「闌けて」いるならなおさらである。近親相姦のタブーの蜜を蓄えた一句だ。

姉妹の句は、富澤赤黄男のアフォリズム「蝶はまさに〈蝶〉であるが、〈その蝶〉ではない」になぞらえれば「姉はまさに〈姉〉であるが、〈その姉〉ではない」（妹もしかり）ということができるだろう。現実の姉や妹の生態よりも、詩のモチーフとして高度に象徴化されたイメージが読解の鍵だという点では、「姉」や「妹」という単語も、季語とそう変わりはないのである。

板チョコあれば生きていけると裸の姉

紗希

ファッション

ふぁっしょん

花衣ぬぐやまつはる紐いろ〳〵　杉田久女

羅《うすもの》や人悲します恋をして　鈴木真砂女《まさじょ》

初釜にスカート緑濃き乙女　百合山羽公《ゆりやまうこう》

ドレスごと抱かれた　流星の音きいた　松本恭子

シミーズで井戸底にある西瓜覗く　中山純子

この町に生くべく日傘購ひにけり　西村和子

ハンドバック寄せ集めあり春の芝　高浜虚子

お扇子を買ふだけの用百貨店　下田実花《じっか》

鞄よりスカーフを出す梅の花　正木ゆう子

ひろげればはじめて水着かと思ふ　田中裕明

向日葵に見られ女工ら下着替ふ　菖蒲《しょうぶ》あや

ハイヒール呆然と提げ大干潟　櫂《かい》　未知子

女学生の黒き靴下聖夜ゆく　桂　信子

ぼーつとしてゐる女がブーツ履く間　髙柳克弘

パラソルのをみな笑顔にして深傷　中村安《やす》伸《のぶ》

月青し女のショール白ければ　松尾静子

香水の一滴づつにかくも減る　山口波《は》津《つ》女《じょ》

風邪床にぬくもりにける指輪かな　中村汀《てい》女《じょ》

初氷ピアス忘れし耳にふれ　小川楓《ふう》子《こ》

小春日やりんりんと鳴る耳環欲し　黒田杏《もも》子《こ》

帰省していた正月休みの終わりに、母に誘われてマリー・アントワネット展を見た。マリーに関連する絵画はもちろんのこと、当時流行していたドレスのレプリカや、宝石がたっぷり施《ほどこ》された懐中時計、つけぼくろ入れなどが展示してある。マリーはいわゆるファッションリーダーで、彼女の着る服や髪型はまたたく間にパリの社交界に広がり、いくつものトレンドを作り出したという。

当時の流行の髪型がかつらとして展示されていたのだが、これが、高く盛った髪に帆船模型を載せるという妙ちくりんなスタイルなのだ。婦女子たちはこぞって帆船を頭に飾ったが、パーティーへ向かう馬車の中では、椅子に座ると頭がつかえてしまうことから、床に膝をついた姿勢で乗っていなければいけなかったとか。いつの時代も、おしゃれには大変な労力がかかるようである。

花衣ぬぐやまつはる紐いろ〳〵　杉田久女

花衣とは、花見に着る衣装のこと。かつては花見のために晴れ着や小袖をあつらえたというから、女性のおしゃれの恰好の機会だったはずだ。久女の句も、花見から戻って、和服を脱いでひと息つこうというのだろう。しかし、和服は着るのも脱ぐのもひと苦労。ワンピースのようにジッパーを下げれば終わりというわけにいかない。あれこれ着付けに使った紐がまとわりついて、花疲れの気分を色濃くしている。また、「まつはる」という表現は、花衣の紐以外にも作者を縛るあれこれが生活に山積しているのではないかと深読みさせる。女らしく、妻らしく、母らしく……女を幾重《いくえ》にも縛りつける紐の多さよ。

しかし、倦怠感の中にも華やかさがあるのは、花衣のあでやかさや、畳に散らばった紐の美しい色彩によるものだろう。どの紐を使うか、見えないところまで気を配るのも、ファッションの愉悦《ゆえつ》である。

鞄よりスカーフを出す梅の花　正木ゆう子

花見から少し時間を巻き戻して、こちらは梅の句だ。梅を見に来たら、まだ少し冷たい風が吹いている。マフラーやストールでは、ただ寒さをカバーするだけという理屈が前に出て面白くない。スカーフという、首を覆うものでありながら防寒用というほどではなく、春の華やかさを先取りしてくれる軽やかな小物を取り出したところに魅力がある。「鞄より出す」ところから、手品を連想するのも楽しい。まさに春を呼ぶ手品だ。

そういえば、ファッション批評家のピーコも「寒くても我慢してミニスカートをはくのがファッションというもの」と言っていたなあ。髪に載せる帆船しかり、ファッションというのは、合理主義とは縁遠い代物のようだ。この句は寒さを我慢しているわけではないが、梅の咲くまだ冷たい空気感をも楽しもうとする、世界を肯定した明るさがある。青空によく合う色のスカーフを、早春の風のようにふわりと巻いて、そこから透けて見える首のラインまで清々しいではないか。

では、ファッションとはいったい誰のためのものなのか。異性へのアピールになるのかと思いきや、男性は案外醒めた目で見ているもので。

ひろげればはじめて水着かと思ふ　田中裕明
ぼーつとしてゐる女がブーツ履く間　髙柳克弘

一句目、小さな布らしきものが置いてあるので、何かと思って手にとって広げてみると、どうやら水着らしい。面白いのは「水着だと分かる」ではなく「水着かと思ふ」という落とし方。広げてみても、水着だという確信がもてなかったのだ。ワンピースの水着ならそれと分かるだろうから、おそらくビキニ。こんなよく分からないものを着て……女性に対する作者の困惑が、ぽつりと呟いたような句調に表れている。

二句目、連れの女性がブーツを履いている間、手持ちぶさたで佇《たたず》む己を詠んだ。「ぼーつとしてゐる」の関心のなさが、男女の間に横たわる分かり合えない溝を象徴している。女はおしゃれをすれば男が喜ぶと思っているかもしれず、男はなんで時間もかかるのにブーツなんか履くんだと思っているかもしれない。恋人や妻といった属性や、君という二人称ではなく「女」と突き放して表現しているあたりにも、冷やかな視線を感じる。たしかに、ブーツを履いている姿というのはお世辞にも美しいものではないのだが、まあ、そこは見逃してやっておくんなまし。

派手に爪を塗るネイルアートや一時期はやったガングロメイクなどを男性があまり好まないことは、女性たちも自覚しているだろう。それらはもはや男に向けられたものではない。女同士で可愛らしさを消費し合うことこそ、ファッションの本質なのかも。

ドレスごと抱かれた　流星の音きいた　松本恭子
お扇子を買ふだけの用百貨店　下田実花
初釜にスカート緑濃き乙女　百合山羽公

衣食住という言葉の先頭にあるのが「衣」なのだから、俳句の材を生活に求めると、おのずとファッションの句も増えてくる。一句目、ドレスアップしたパーティーの席だろうか。流星を取り合わせたことで、ドレスのきらびやかな意匠《いしょう》が想像される。二句目、おをつけて「お扇子」と言ったのが、お上品でかわいらしい。実花は芸者を生業《なりわい》としていたから、扇子も親しいもののひとつだっただろう。

三句目、初釜に和服ではなくスカートなのが新鮮だ。「緑濃き」の色の選択もいい。茶室の落ち着きをこわすことなく、場に華やぎを加えている。

一方、「見ないで！」と叫びたくなるファッションもある。

シミーズで井戸底にある西瓜覗く　中山純子
向日葵に見られ女工ら下着替ふ　菖蒲あや

シミーズ姿で井戸に冷やした西瓜を覗きこんでいる。あられもない格好に透ける体が恥ずかしい。二句目、下着を着替えるのを「見られ」るという辱《はずかし》めが、時に虐《しいた》げられる立場にある女工たちの弱い立場を象徴している。が、男ではなく向日葵。労働風景にも健やかさがみてとれる。

羅や人悲します恋をして　鈴木真砂女

「人悲します恋」とは、道ならぬ恋。真砂女には、互いに伴侶を持つ身ながら恋に落ちた男性がいた。恋をしたとだけ述べて辛いともやめるとも言わないところに、恋に身を委ねる覚悟が読み取れる。羅は通気性が高く涼しい素材で夏の着物として好まれるが、すーすーと入ってくる風が心もとなくもある。セーターのように体を温かく包んでくれる安心感はないけれど、常に涼しい私でいられる羅は、「人悲します恋」を選んだ彼女の生き方を象徴している。凛とした志と寂しさと。
ファッションは、ときに着る人の思いをも体現するのだ。ゆめゆめ軽視するなかれ。

引越し完了かさ立ての春日傘

紗希

仕事

しごと

退屈なガソリンガール柳の芽　富《とみ》安《やす》風《ふう》生《せい》

冷房の画廊に勤め一少女　岡田日郎《にちお》

看護婦の言ふ春らしいお献立　今井つる女《じょ》

木の葉髪女給よし子と名乗りけり　高柳重信

尼が旅手提げ一つに夏初め　高橋淡路女《あわじじょ》

主婦の夏指が氷にくっついて　池田澄子

働いて作りし花見衣かな　鈴木真砂女

秋の夜の一つの椅子とバレリーナ　石田波郷《はきょう》

アイドルに林檎を齧《かじ》る仕事かな　野口る理《り》

銀漢や女所帯の編集部　松本てふこ

靴音の記者は乙女か夏めける　室《むろ》生《う》犀《さい》星《せい》

海女とても陸こそよけれ桃の花　高浜虚子

茶摘女の終りの畝《うね》にとりつける　深見けん二《じ》

遠足の女教師の手に触れたがる　山口誓子

娼婦またよきか熟れたる柿食うぶ　鈴木しづ子

ほろ深く東《あずま》をどりの妓《ぎ》が帰る　武原《たけはら》はん女《じょ》

死にしＡＶ女優の乳房波打つや　関　悦史

かりそめに衣たるモデルの夜食かな　日野草城《そうじょう》

ヤクルトレディに蜜柑をぶつける未来の遊び　谷　雄介

夏鏡女医の鞄に盲いたり　澁谷　道《みち》

日本経済新聞は数年前から、働く女性を主人公にCMを展開している。いま放映されているバージョンは、リクルートの若者に「日経くらい読まないと」と胸を張る若手男性社員に対して、上司らしきかっこいい女性が背後から「へーえ、そうなんだ」といたずらっぽく微笑みながら声をかけ、偉そうにしていた後輩社員があたふた、という展開だ。このCMだけで判断すると女性の社会進出が進んだように見えるが、画面が変わってビールのCMでは、男性が仕事帰りに寄った割烹で美人女将に好きなタイプを聞かれ「気の強い女性はちょっと……」と答えて、女将に「欲張りね」と伏し目がちに微笑まれている。対等であろうとする女性に気の強さをみてとり、抵抗を感じている男性もそれなりに存在するということだろう。

もちろんCMは戦略なので、日経新聞は働く女性に読んで（買って）もらいたく、ビール会社は疲れた男性に飲んで（買って）もらいたいという前提で、購買層の求める理想を予想してCMを作っているわけである。つまりは、働く女性の理想の自画像と、男性が女性に求める姿とが、必ずしも一致しないということだ。この歪みは、今の日本が抱える大きな問題のひとつだろう。

男女雇用機会均等法が制定され、性別による職業差別が禁止されたのは一九八五年。しかし、法律で決められたからといって、生きている人間の意識がそう簡単に変わるわけではない。公立中学校の教師をしている女友達は「上司に結婚の報告をしたら〝おめでとう。

ついては、担任をしている間は妊娠しないでくれ〟っていうんだよ」と愚痴を言う。その学校では、一学年を三年間担任して次の一年は教科担当のみ、また三年間担任して……というサイクルらしく「担任をしない一年めがけて妊娠するのって大変だよね、子ども産むのどうしよう」と悩んでいた。産休をとったらとったで「いいご身分、仕事やめればいいのに」と大声で言われた友人もいる。そりゃ少子化が進むわけだ。

銀漢や女所帯の編集部　松本てふこ

そんな現代の過酷な労働環境の中で、編集部という第一線の現場で働く女性たちを詠んだ句である。さりげなく取り合わせられた「銀漢」から、夜遅くまで残業していることが分かる。同じ作者に〈会社やめたしやめたしやめたし落花飛花〉というノイローゼ気味の句もあるから、よっぽどブラックな労働環境なのだ。空に輝く美しい銀漢に対して、ぼさぼさの髪で化粧崩れもして美しさからは程遠い状態の編集部の女性たち。しかしながら、一冊の本のために一途に仕事をする姿勢は、やはり銀漢にかなう輝きを放っている。キャリアウーマンの仕事と恋を主題とした『働きマン』という漫画も、週刊誌の編集部の話だったなあ。「所帯」という言葉に、女同士、家族のような連帯感も読み取れる。

靴音の記者は乙女か夏めける　室生犀星

こちらも男性と伍《ご》して働く女性。「女だてらに」という言葉は昨今あまり聞かなくなったが、犀星の時代であれば陰口をたたかれることも多かったはずだ。「だてら」とは分不相応の意。女のくせに記者なんて……と言う嫌味をはねのけ、カツカツと靴音を鳴らして闊歩《かっぽ》する若い女性記者に、爽やかなエネルギーを感じ取ったことが「夏めける」という季語を選ばせたのだろう。

男性と肩を並べて競い合う仕事がある一方、女性性の特徴をいかした仕事も存在する。

秋の夜の一つの椅子とバレリーナ　石田波郷

秋の夜の静寂の中に、舞台上のシンプルな演出として一つの椅子だけが置かれている。座ってみたり、その周りをくるくると廻ってみたり、椅子の背に頬杖をついてみたり。その椅子を小道具にして、バレリーナは己の肉体のみで世界を表現する。華やかな印象のバレリーナに、春や夏ではなく、陰影のある秋の夜を取り合わせたところに、プリマドンナというまさに〝一つの椅子〟を取り合う女性たちの光と影を見たくなる。

アイドルに林檎を齧る仕事かな　野口る理

かりそめに衣たるモデルの夜食かな　日野草城

る理の句、「林檎を齧る仕事」という個別の現場を切り取ることで、アイドルの仕事を端的に表した。写真かテレビの撮影だろう。「アイドルは林檎を囓る仕事かな」では単なる形而上の定義づけになってつまらない。「アイドルに」とすることで、一気に現場の臨場感が出た。それにしても、林檎を囓るなんて他愛もないことが仕事になるという切り出し方が面白い。いかにもアイドルだ。

草城の句、きらびやかに見えるモデルという職業の実像にスポットを当てた。撮影を続けるうちに夜も更け、いったん中断して虫おさえに夜食をとっている。身に着けた衣装が薄着なので撮影の合間にサッと上着を羽織っている、ちょっとちぐはぐな様子を「かりそめに衣たる」と表現した。変わった場面に夜食という季語を見つけたものだが、人間離れした美しさのモデルも、また腹の減る人間であるというところに、ぐっと親近感が増す。もっと直截に、女性性そのものを売る仕事も存在する。

死にしＡＶ女優の乳房波打つや　関　悦史

娼婦またよきか熟れたる柿食うぶ　鈴木しづ子

悦史の句、すでにこの世を去ったＡＶ女優の生前の映像を再生しているのだろう。画面では、今はもう存在しない乳房がダイナミックに波打っている。あくまで映像だから彼女がそこで生きているわけでもなく、かといって確かにそこで動いているので死の実感も湧かない。死んだはずの女が性を謳歌する姿を映像で目の当たりにするというのは、テレビ以前にはあり得なかった現象で、そのタナトスとエロスの交錯した奇妙な現実感が、一句にそのまま定着している。

しづ子は大正八年生まれ。青春時代は製図工として工作機械工場に勤めていたが、そこで出会った婚約者が第二次世界大戦で召集され戦死、他の同僚と結婚するも半年で破談となり、岐阜へ流れて進駐軍相手のキャバレーのダンサーとなった。ダンサー＝娼婦と決まったわけではないけれど、世間の目が冷やかにそう判断する中で、しづ子は開き直って「娼婦またよきか」と呟き、「熟れたる」という性的な発想も呼ぶ言葉を敢えて用いて、堂々と一句に成した。

製図工場の職場句会で俳句と出会ったしづ子は、当時〈青葉の日朝の点呼の列に入る〉と仕事の日常を詠んでいる。「列に入る」と素直に従う姿勢は、詠まれる内容こそ違えど、運命を受け入れて生きてゆく方へ舵を切る姿勢が、娼婦の句ともゆるやかにつながる。〈霧さむく娼婦肩掛を長くせり　岸風三樓〉〈呼び名欲し吾が前にたつ夜の娼婦　佐藤鬼房〉等の男性俳人の娼婦との距離感とは一線を画す迫力が、掲句にはある。しづ子の人生を引き合いに出さずとも、熟柿《じゅくし》を啜《すす》るときふと、自分の中の娼婦的な性質に思い至り、それを肯定する感覚は、同じ女としてよく分かる。女にとって娼婦は、対岸の他者ではなく、内面に潜む私なのだ。しづ子の句はゴシップではない。女のしなやかな生き方を正面から捉えた、普遍性を備えた詩なのだ。

さて一方では、俳句の季語になった女の仕事もある。海女、早乙女、茶摘女、桑摘女……かつての農村風景として、書き継がれ、歳時記にとどめられてきたものたちだ。

海女とても陸こそよけれ桃の花　高浜虚子

早乙女の股間もみどり透きとほる　森　澄雄

茶摘女の終りの畝にとりつける　深見けん二

毎日の同じ時刻の桑摘女　高野素十《すじゅう》

虚子の句、海女は海の女と書くけれど、そうはいっても人間だから陸のほうがいいよね、と生きた海女たちに思いを寄せた。桃は三月三日の女の子の節句の花だから、ひと仕事のあと陸でたむろしている海女たちのくつろぎに、ほのぼのと明るさを添えている。色彩も美しい。桃の花のピンクが潮の青を引き立てて、一層濃く深く見せてくれる。

澄雄の句、早乙女は田植えをする女性のこと。股の間からも植えた苗の緑が見えているところを一句にした。「みどり透きとほる」という感覚的な表現は、単なる情景描写のみならず、早乙女の処女性を賛じているようにも読める。けん二の句、あと一畝摘み取れば終わりというクライマックスの一時点を切り取った。「とりかかる」ではなく「とりつける」という素早さに、淡々と見える茶摘女も最後の一畝をはやる気持ちがあるのかと微笑ましくなる。素十の句、「毎日の同じ時刻の」と助詞「の」の並列で書き出すことで、作業風景の単調さを伝えている。

いずれの句の女も、仕事をこなす主体的な女性というよりも、風景を形作るひとつのピースとして、一句の季節感を出すために一役買っている。女を詠むというより、季語を詠んでいるといった方が正しい。

もちろん、主婦も立派な仕事です。

主婦の夏指が氷にくっついて　池田澄子

確かに、つまむと氷に指がくっついてしまうことって、ある。あれれ、と声を出してみて、でも主婦の日常は一人だから、一連の動作を振り返って、自分で自分をちょっとだけ笑う。なんだかトンチンカンで、颯爽と働く夏シャツ女性のように格好よく決められない主婦の私って雰囲気も、滑稽でキュートだ。自虐《じぎゃく》とも違うほがらかな笑いがここにある。

キュートといえば、これもまた。

退屈なガソリンガール柳の芽　富安風生

女の俳句×仕事のテーマで真っ先に思いついた句がこれ。昭和十二年刊行の句集に収められた「ガソリンガール」の横文字はよほど新奇《しんき》に映っただろうが、七十年以上経ってもフレッシュな句として読めるから、風生の先見の明、すごい。ガソリンスタンドで給油を任された女の子の、退屈そうな客待ちの様子。健康的な気だるさだ。恋のことなど、気になるあれこれもあるのだろう。風になびく柔らかで頼りない柳の芽が、まだ人格の完成されていない若いガソリンガールの内面の揺れをあらわにしている。

働いて作りし花見衣かな　鈴木真砂女

労働の対価として得た金銭で、花見へ行くための着物を仕立てた。着る前に吊って、しばし眺める。人にプレゼントされたのではなく、自分で働いて買った着物だからこそ、私の頑張りを証明してくれる勲章のようで、より愛着が湧くのだ。自分の力で人生を楽しむこの句の姿勢がとっても好きで、いつの間にか愛してやまない句になった。

どんな仕事も、生きていくためにある。したたかな女も、不器用な女も、自分の特性をいかし、時に女の特性を味方に、生きていく。働く女が描かれた俳句には、己の手で人生を切り開く女のリアルな憂いや喜びが刻まれている。そんな一句を前にするとき、私の人生にとっては私が主人公であるという当たり前の真実に、改めて気づかされるのである。

女に反骨じゃこぶっかけて冷奴

紗希

髪

かみ

鬢《びん》かくや春眠さめし眉重く　杉田久女

負うた子に髪なぶらるる暑さ哉《かな》　園《その》女《め》

洗ひ髪いまだ筋目を立てずして　山口誓子

罌粟《けし》ひらく髪の先まで寂しきとき　橋本多佳子《たかこ》

髪たばね涼しく病んでゐたりけり　大木あまり

花いばら髪ふれあひてめざめあふ　小池文子《ふみこ》

髪おほければ春愁の深きかな　三橋《みつはし》鷹女《たかじょ》

抱擁や初髪惜し気なくつぶす　品川鈴子

海女の髪つれなう赭《あか》き小春かな　高橋淡路女
髪切りてどこかにひとつめの蓮華　正木ゆう子
黒髪の根よりつめたき雛かな　田中裕明
泳ぎ来し髪をしぼりて妻若し　福永耕二
洗ひ髪夜空の如く美しや　上野泰《やすし》
白髪の乾く早さよ小鳥来る　飯島晴子《はるこ》
木枯《こがらし》にさらはれたくて髪長し　熊谷愛子
スキーの邪魔黒髪スキー帽の中　森田智子
身ごもりしうれひの髪はほそく結ふ　篠原鳳作《ほうさく》
初産の髪みだしたる暑さ哉　正岡子規
せつせつと眼まで濡らして髪洗ふ　野澤節子
髪洗うまでの優柔不断かな　宇多喜代子

はじめて手にした世界文学は、文庫本の『O・ヘンリー短編集』。小学校に上がるとき母が買ってくれたもので、中でも「賢者の贈り物」が大好きだった。貧しい夫妻が互いにクリスマスプレゼントを買うため、妻のデラは自慢の長く美しい髪を売り、夫のジムは大切にしていた形見の懐中時計を質に入れて金を工面する。その金で妻が贈ったのは懐中時計の鎖、夫が贈ったのは鼈甲の櫛……互いに一番大切なものを手放して、相手の一番喜ぶだろうものを用意したのだ。鎖をつなぐ時計も櫛を挿す髪も今は手元にないという皮肉な結果にはなったが、本当の賢明とは相手を思いやる愛だと教えてくれる物語だ。

しかし、幼い私は思った。髪は何もしなくても勝手に伸びてくるが、質屋に入れた時計を取り戻すには金がいる。実は夫のほうがより大変な道を選んでいるのではないか、と。

罌粟ひらく髪の先まで寂しきとき　橋本多佳子

髪の先の先、体の隅々まで寂しい思いが充満してやるせないそのとき、罌粟の花がふわりと花開いた。まるで、私の寂しさが罌粟を咲かせたかのようだ。罌粟の花が麻薬の材料だという事実が、恋しさの深みにはまってどうしようもない気分を増幅させるし、色鮮やかでありながらふわふわと風に頼りなく揺れるその姿は、寄る辺ない一女性の分身としてそこにある。

この句、主体がショートカットだといまいち絵が決まらない。体にまとわりつくほど長い髪のその先の先までということではじめて、おのれを絡め取る深い寂しさが立ち現れてくるのだ。また、体の末端を代表するものとして、爪や眼や指ではなく髪を選んだのは、髪が女性性の象徴として捉えられてきたからだろう。「髪は女の命」といわれ、長らく女の美を測る基準だった。その髪を、寂しさを表現する一例として挙げたことで、おのれの髪のゆたかな美しさを誇るナルシシズムまでが花開くのである。

先の「賢者の贈り物」の妻・デラが髪をばっさりと切るシーンには大きな挿絵が添えられていて、鋏を入れられる瞬間、かたく閉じられたデラの瞳から大粒の涙がこぼれ落ちる姿が描かれていた。デラの髪はもちろん時が経てばまた伸びてくるが、大事にしてきた髪を切り落としてしまうという事実は、自らの尊厳をいっとき売り渡すことでもあったのだ。だからこそ彼女の髪は、ジムが手放した懐中時計とも釣り合うほどの代償となり得るのである。

この物語に限らず『レ・ミゼラブル』や『若草物語』など、女性が髪を売る場面を象徴的に扱った名作は数多く存在する。それほどに、女にとって髪とは重要な存在であり続けてきた。

髪おほければ春愁の深きかな　三橋鷹女

髪が多いほど春愁も深いと嘆じてみせた。女らしさの表象だったゆたかな髪に、艶っぽい春の愁いがまとわりつく。与謝野晶子が〈くろ髪の千すぢの髪のみだれ髪かつおもひみだれおもひみだるる〉と詠んで明治の歌壇を驚かせた歌集、その名も『みだれ髪』。詠い上げられたのは、髪を梳いて美しくポーズを決める見返り美人ではなく、己の情念を持て余す、考え苦悩する女性だった。

髪と恋を結び付けて詠むのは和歌の昔からの典型で、たとえば和泉式部の〈黒髪の乱れも知らずうちふせばまづかきやりし人ぞ恋しき〉（『後拾遺和歌集』）にも見られるように、黒髪といえば乱れるもの、恋の苦悩を象徴するモチーフだった。黒髪が乱れるのもかまわずうち伏せていると、この髪を掻き抱いてくれたあの人が恋しくて仕方ない……。詩歌の世界では、髪は女性の美しさだけではなく、自我や情念を形象するキーワードとしてもはたらいてきた。こうした詩歌における髪の系譜の上に、晶子の『みだれ髪』や多佳子、鷹女の掲出句が、花開いたのである。

花いばら髪ふれあひてめざめあふ　小池文子

愛し合う二人の迎えた幸福な朝だ。髪の触れ合うほど近くに眠っていて、目を覚ますと恋人の寝顔がそこにある。見つめる視線を感じたのか、ほどなく恋人も眠そうに目をひらく。うつらうつらしながら時折見つめ合うまどろみの時は、どの瞬間にも代えがたく眩しい。触れ合うのが手や頰だと、読んでいるこちらも照れてしまうのだが、直接的には感触のない髪を選んだところが絶妙だ。濃密な二人の関係を匂わせながらも、朝の訪れを爽やかに描いている。また、「ふれあひて」という表現は一般的だが「めざめあふ」とはあまり言わない。触れ合うという言葉に引き出されるように現れた「めざめあふ」という特異な造語が、一句の言葉を異化し、新鮮な感覚を呼び覚ます。

ちなみに花いばらは日本に古くから自生する植物で、万葉集にも登場する、日本の詩歌となじみ深い花だ。多くは香りを称賛する歌だが、棘＝いばらの存在に言及するものもあり、『枕草子』にも「名おそろしきもの」として例に挙がっている。掲句においても、ひそやかなロマンスを演出してくれる可憐な花として彩りを添えているのみならず、棘をもつ蔓の存在が、愛の束縛の予感をも示唆している。

さて、歳時記には、髪にまつわる季語も収録されている。

「髪洗う（洗い髪）」は夏の季語。夏は、汗や埃で髪が汚れやすく、また臭いやすくなるので、頻繁《ひんぱん》に洗うことが必要になる。また、「初髪」は新年の季語。新年になって初めて結い上げた髪のことで、かつては日本髪を指したが現在は洋髪についてもいう。いずれの季語も、男性ではなく女性の髪を詠むことが前提とされてきたのは、やはり、髪を長く伸ばすのは女性だという固定観念の支配の影響だろうか。以前、句会で、少年が髪を洗うさまを詠んだところ、「髪洗う」は女性にしか使わないからこの句はダメだと一蹴されたこともあった。誰が髪を洗ったって、じゅうぶん夏らしいと思いますけど。季語のジェンダーフリー化は、まだまだこれからの課題である。

髪洗うまでの優柔不断かな　宇多喜代子
洗ひ髪いまだ筋目を立てずして　山口誓子
抱擁や初髪惜し気なくつぶす　品川鈴子

一句目、髪を洗う前は「頼まれていたアレ、どうしよう……」などと懸念事項を決めかねていたのだが、洗い終わってパッと顔を上げた瞬間、はっきり心が決まった。髪を洗い終わった爽快感と意を決した気分のよさが重なる。決めたことをストレートに述べるのではなく、「髪を洗うまでは優柔不断だった」と、ちょっと時間を巻き戻して変化球の表現を使うことで、ウィットの効いた句となった。前半のだらだらした述べ方に対して、最後の「かな」の切れの潔さもいい。内容と形式とがリンクしている。

二句目、洗い髪を乾かしている途中の女性を見遣っての一句。ある程度乾くと、髪の分け目を作って、梳かして髪型を整えるものだが、まだその段階にない。きっと、さっとタオルドライしたあと、髪をゆるやかに指で梳いた程度だ。「分け目を作る」では色気がないが、「筋目を立てる」というとちょっと素敵。同じ意味でも、どの語彙を選択するかで、一気に句の格が変わって来るものだ。

三句目、結い上げた初髪が崩れるのもいとわず、恋人との熱い抱擁に酔いしれている。

正月、初詣にでも行った帰りか。「惜し気なく」の腹の据わりようが快い。次などは、「髪洗う」という季語は使っていないが、髪を洗いたくてうずうずしてくる一句である。

負うた子に髪なぶらるる暑さ哉　園女

園女は芭蕉の門弟の一人。夏の日、ただでさえ暑いのに、おんぶした子どもがしきりに髪を撫でてくる。もう汗でべたべた、「やめて！」と叫びたくなる、フラストレーション爆発寸前の句だ。子育てのやるせなさを、夏の結い髪の不快さによって書き表した。こちらも、髪関連の季語ではないが、その季節ならではの髪のありようを詠んだ句だ。

泳ぎ来し髪をしぼりて妻若し　福永耕二

ひとしきり泳いで水から上がった妻は、髪にたっぷり含まれた水を手で絞りながらこちらへ歩いてくる。水着姿の肉体はもちろんのこと、かがやく髪の美しさに、妻の若さを讃えているのだ。髪は水に濡らすと嵩が減ってしまうので、年齢を重ねると「泳ぎ来し髪」も乏しくなるだろう。濡れてもなおゆたかな嵩を保っているその髪に「妻若し」を実感したのだ。

洗ひ髪夜空の如く美しや　上野　泰
黒髪の根よりつめたき雛かな　田中裕明

比喩を用いて髪を詠んだ二句。一句目、夜空のような洗い髪とはもちろん黒髪、なんと美しい比喩だろう。深い宇宙の闇のように、視線を吸い込む黒髪の広がり。髪を滑る光は、さながら星のきらめきだ。二句目、雛人形の命を持たない冷たさを詠んだ。「根よりつめたき」という表現は、根の国＝黄泉の国をも思わせる。

身ごもりしうれひの髪はほそく結ふ　篠原鳳作
初産の髪みだしたる暑さ哉　正岡子規

どちらも妊娠・出産時の女性を、髪にフォーカスして詠んでいる。鳳作の句、「ほそく」は質素な佇まいを連想させる。身の周りを清潔に整えて、生まれ来る命をつつましく待っているのだろう。子規の句、初産の苦しみに髪も乱れ玉の汗は噴き、壮絶な光景を詠んだ。みだれ髪といえば後朝のイメージであった和歌以来の伝統を、出産の場面に転じて覆しているところが、いかにも革命家・子規らしい。

スキーの邪魔黒髪スキー帽の中　森田智子

ショートカットもまた可愛いとされる現代だが、ロングヘアーもまだまだ人気。この句の主体も、スキー帽を脱げば、さっと黒髪がこぼれて、それが人目を引くことを知っている。だから、邪魔と言いつつ、髪は切らない。したたかだ。

なんて毒づきながら、長髪が邪魔で束ね髪ばかりの私も、夫に「髪の長い女性がタイプ」といわれると、なかなかバッサリ切れないのが現状である。身近な男ひとり変えられないのだから、「髪は女の命」という文化が延命し、社会が変わらないのも、至極当然。かくなる上は、時にスキー帽に黒髪を忍ばせながら、したたかに生きてゆくのが女の道か。

白鳥座みつあみを賭けてもいいよ

紗希

結婚

けっこん

夏嵐そとばかり見て見合い憂き　宇多喜代子

婚期　婚期　オルゴールが鳴りやみぬ　松本恭子

卵屋に大き嫁きて春霙《みぞれ》　大木あまり

あの下手を嫁にと思ふ踊哉　横井也有《やゆう》

福寿草咲いてもわたしは嫁きませぬ　八木三日女《みかじょ》

枯芝に嫁ぐ日までの犬を愛す　大島民郎《たみろう》

婚礼の荷に入れる弟の義足　上野千鶴子

雪国に花鳥づくしの婚衣裳　筑紫《つくし》磐井《ばんせい》

花嫁を見上げて七五三の子よ　大串　章《あきら》

花嫁にけふ寒晴の日本海　比田誠子

君嫁きし此の春金色夜叉読みぬ　髙柳重信

穀《こく》象《ぞう》を見たこともなき嫁貰ふ　後藤比奈夫《ひなお》

友とその新妻春の汽車こだま　友岡子郷《しきょう》

はつ夏の空からお嫁さんのピアノ　池田澄子

披露宴のビデオ反芻して妻は　山口優夢《ゆうむ》

旧姓といふ空蟬に似たるもの　辻　美奈子

花嫁のしるくミルクの深紅かな　攝津幸彦

暑しわが《離婚届》捺印ずれてしまひけり　永《なが》方《え》裕《ひろ》子《こ》

新妻の靴ずれ花野来しのみに　鷹羽狩行

妻となり落《らっ》暉《き》の坂に人参抱く　中嶋秀子

今年、三十歳を目前にして私も人の妻となった。籍を入れる日取りに希望はなかったので、二月四日、立春の朝に婚姻届を提出した。もし万が一関係が破たんしたら、それ以後の私にとって立春は後味の悪い日となるだろう。俳人として、春の到来を喜べないというのは致命的である。まさに背水の陣。友人には、一月二三日(いち、に、さん)とか一一月二二日(いい夫婦)とか、語呂合わせで入籍日を決める人も少なくない。先日も、若い俳人に「一一月九日に入籍したいんです」と相談を受けた。なぜかと問うと「〈いい句の日〉、だから」。あんた、結婚にまで俳句を持ち込むのはやめなさい、と突っ込みたかったが、水を差すのもなんなので、けっきょく「いい句、作りたいよね」と呟くにとどまった。

婚期　婚期　オルゴールが鳴りやみぬ　松本恭子

こと女性は、ある年齢を超えると、「結婚しないの?」というセリフを嫌と言うほど浴びせられることになる。男性もそういうことがないわけではないのだろうが、「男はさ、ほら、まだ仕事に打ち込む時期だから」などと多少の猶予が許されている。もし女性が、まだ仕事に専念したいなどと言おうものなら「婚期を逃すよ」「彼氏いないからでしょ」「子どもいらないの?」、さらなる呪いの言葉がふりかかる。

オルゴールは、螺子《ねじ》を巻いてすぐの鳴りはじめは曲のテンポが速いが、だんだん遅くなっていって、最後は静かになる。「婚期なんだから」とせかしてきた人たちも、オルゴールの鳴り方みたいに、結婚しないでいるとだんだん諦めて何も言わなくなるだろうか。さらに、オルゴールは少女の玩具のイメージだから、まだ結婚したくない私の内なる少女の存在を示していて、オルゴールが鳴り終わったときそれは少女期が終わりいよいよ結婚するときなのである、と読むこともできる。どちらにしても、オルゴールを聞きながら、まだ結婚したくない、少女でいたい、という気分に浸っているのだ。「コンキ　コンキ」という言葉の韻も、オルゴールの金属音を思わせる。コンキ、コン、キ、コ、ン……。

そもそも、人生において結婚するもしないも産むも産まないも自由だと思うのだが、大勢はいまだに「結婚が女の幸せ」と信じているから話が通じない。彼らは、結婚したら今度は「お子さんはまだ?」と聞いてくるのだ。デリカシーもないが悪気もないので、面倒である。

「ロマンティック・ラブ・イデオロギー」という言葉がある。おおざっぱにいえば、①恋愛②結婚③出産という三点がセットなのが常識、という考え方のことだ。社会学者の千田有紀氏は「一生に一度の運命の相手に出会って恋に落ち、結婚して、子どもをつくって死ぬまで添い遂げることを当たり前であるとする考え方のこと」(『女子会2・0』NHK出版)と定義し、近代以前の結婚観とは異なると指摘する。そもそもかつては、結婚は個人より家同士の関係によるもので、恋愛結婚より見合い結婚のほうが多かった。必ずしも結婚に恋愛は必要なかったのである。

夏嵐そとばかり見て見合い憂き　宇多喜代子

国立社会保障・人口問題研究所の調査によると、夫妻が出会ったきっかけとして、一九五四年以前は見合い結婚（結婚相談所含む）が五三・九％、恋愛結婚が三三・一％だったのが、一九六五年ごろに恋愛結婚が見合い結婚の割合を上回って以降、その差はどんどん開き、二〇〇五年の調査では、なんと八七・二％もの夫妻が恋愛結婚で、見合い結婚をしたのはわずか六・二％となった。

喜代子の句、気乗りのしない見合いの席を設けられ、夏座敷で先方と向かい合っているシチュエーションだろう。仲人や父母が「まあ、ご趣味は〇〇なのね」「うちの娘も実は……」などと場を盛り上げようとする中、当の本人は気もそぞろで外ばかり見ている。折しも風の激しい日、「あとは若いお二人で」と促され庭園を散歩でもしようもんなら、せっかくきれいにまとめた髪が吹かれて大変だわ……しかし、不本意ながらもここに座っているということは、簡単に見合いを断れるような雰囲気ではなかったわけで、父母の期待、その向こうに屹立《きつりつ》する「結婚が女の幸せ」という社会規範もひっくるめて「憂き」なのである。

「夏嵐」は、場面設定であると同時に、作者の心理の投影としてはたらく。私が内に秘めた夏嵐のような激しさを、受け止めてくれる男などいるのだろうか。だから私は「そとばかり見」るほかしょうがない。決して、相手の男性に不満があるわけではないのだ。

「憂き」という語からは、喜代子の師である桂信子の代表句〈ふところに乳房ある憂さ梅雨ながき〉を思い出す。両句は、自らが女性であることに起因するあれこれを憂えている点で共通している。まこと、女であるとはなんと面倒なことか。「憂し」という本音の吐露に、同じ女として、私は胸のすく思いがする。

とまあ、ここまでは女と結婚にまつわる「憂き」部分を中心に語ってきたが、もちろん、結婚は本来たいへんめでたいもので、幸せなこともたくさんある。

雪国に花鳥づくしの婚衣裳　筑紫磐井

花嫁にけふ寒晴の日本海　比田誠子

対にして楽しみたい二句だ。磐井の句、地方らしく伝統的な婚礼で、和装も「花鳥づくし」、豪華絢爛である。雪国は冬が長く、花や鳥を愛でる期間が短い。だからこそ尊い「花鳥づくし」に祝婚の感慨が深くなる。すべてを埋め尽くしてしまうほどの雪国の白が、衣装の純白や花嫁の純潔を思わせ、清らかな空気が漂う。この衣裳を着て婚礼にのぞめば、たとえば誠子の句につながるか。冬の結婚式、会場からは日本海がよく見える。寒晴という厳しくもすがすがしい日和に海を見据える花嫁の瞳を見て、大丈夫、彼女はきっとこの地でたくましく生きていけるだろうという安心の思いが湧いてくる。

花嫁を見上げて七五三の子よ　大串　章

神社での結婚式、折しも七五三シーズンで、めかしこんだ子どもたちがたくさん参詣している。ものめずらしいと見上げる子どもたちと、静かに目を伏せる花嫁。いつか彼女も、自分の子どもを連れてこの神社へ七五三詣でに来るのかもしれない。

枯芝に嫁ぐ日までの犬を愛す　大島民郎
婚礼の荷に入れる弟の義足　上野千鶴子

結婚を決めてから婚礼の日を迎えるまでの婚約期間は、女性にとって、生まれ育ってきた家で家族と過ごす最後の時間だ。結婚して新しく一つの家族を作るという点では男性も女性も同じなのだが、男性はこれまで所属していた共同体（家）に妻を迎え入れるという体制が一般的であるのに対し、女性は大半が姓を変え、これまで属した共同体を出なければならない。これは、なかなか切ないことである。実家でぬくぬくと愛されてきた私のような人間にとっては、なおのこと。

一句目、実家で飼っている犬とたわむれている。犬の体にも私のセーターにも枯芝がくっついて、寒い中でも互いの体温を嬉しく感じるだろう。幼いころから家族として一緒に過ごしてきたペットとも、結婚すれば離れ離れになる。もちろん、犬だけが惜しいのではなく、結婚したときに置いていかなければならないすべてのものの代表として、この場面を切り取ったのだ。犬とたわむれる娘を見つめる父や母の視線も、この句にはしっかり編み込まれている。

二句目、まさに結婚という制度を対象としてきたフェミニズム研究の第一人者・上野千鶴子も、京都大学在学中に京大俳句会に参加し、俳句を作っていた過去がある。婚礼の荷に弟の義足を入れてしまっては、弟が満足に歩けなくなる。しかし、姉が嫁いでいなくなってしまうということは、弟にとって義足を奪われるに等しいことであり、姉という存在はそれほどに弟にとって不可欠なのだということを、きわめて象徴的に描いた一句と読んだ。私がいなくなって、この子は大丈夫かしら。姉の過剰で異常な愛情がにじみ出ているが、私も弟と二人姉弟だったので、そんな気持ちがよく分かってしまう。

披露宴のビデオ反芻して妻は　山口優夢

みんなに祝福され、幸せの絶頂にいた披露宴の様子を撮ったビデオを、家の小さなテレビで繰り返し見ている妻は、すでに少し不幸の味も知っている。そんな妻の背中を見ている夫にも、特に何ができるわけでもないのだ。それでも、ときどき晴れの日のビデオを見たりしながら、日常を乗り越えていく。結婚式は一瞬、でも結婚生活は終わらせない限り一生続くのだから。

はつ夏の空からお嫁さんのピアノ　池田澄子
この夏を妻得て家にピアノ鳴る　松本たかし

結婚はすなわち同居を意味する。違う人間が一緒に住むのだから、これまでになかった出来事がいろいろ起こるわけだ。この二句はいずれも、妻が持ち込んだピアノを詠んでいる。婚礼の荷にピアノを持参するのだから、嫁はまあまあなお嬢様か。澄子の句、ピアノは戸口から入れられない場合、空からクレーンで吊るして搬入する。「はつ夏の空から」と表現することで、お嫁さん本人もひらりと突然降ってきたような、義母の不思議な気持ちが出ている。たかしの句、家で妻がピアノを弾いているその音に、結婚したことを実感している。幸せに満ち満ちた句だ。

新妻の靴ずれ花野来しのみに　鷹羽狩行
穀象を見たこともなき嫁貰ふ　後藤比奈夫

狩行の句、花野を歩いて来ただけで靴擦れしてしまった新妻の、なんと可憐なことよ。夏野でも枯野でもなく、花野であるところに静かな華やぎが出る。比奈夫の句、米に巣食う害虫・穀象を見たこともなく育ってきた箱入り娘が、嫁にやって来た。時代は変わったなあと驚きつつも、ジェネレーションギャップを楽しむ余裕が感じられる詠みぶりだ。

妻となり落暉の坂に人参抱く　中嶋秀子

ピアノや旅先の花野での靴擦れなど、可憐な妻を詠む句が目立つ男性に対し、秀子の句は、これから家庭を支えていく妻としてのたくましさと気概に満ちている。落暉の坂に落暉色の人参を抱きながら、落暉のように燃える心を内に秘めて立つ。結婚を機に女が強くなるとしたら、それは支えてくれる伴侶を得た安心からではなく、けっきょくは思いやらなければ他人との生活は維持していけないのだという、ロマンティック・ラブとは別の現実的な地点から、主体的積極的に生きていくべきだという新たな人生のセオリーを見つけ出すからだ。憂えてなんていられない。結婚とは新たな生活形態のはじまりであり、生活とは待ったなしに、燃ゆる夕日のように、押し寄せてくるのだから。

マリッジブルー屋根から雪の落ちる音

紗希

化粧《けしょう》

口紅の玉虫いろに残暑かな　飯田蛇笏

鶯が来てる！　冷たい化粧水　池田澄子

まゆはきを俤《おもかげ》にして紅粉《べに》の花　芭蕉

春の夜や粧ひ終へし蠟短か　杉田久女

口紅の音なく折れて猟期来る　鳥居真里子

出《で》女《おんな》の口紅をしむ西瓜かな　支《し》考《こう》

わぎもこが長き化粧や虹の窓　鈴木花《はな》蓑《みの》

左眉描くのは苦手金魚玉　大石悦子

ほのぼのと眉描く妻や朝桜　長谷川櫂《かい》

霧が濃くする踊子のアイシャドウ　成瀬《なるせ》櫻桃子《おうとうし》

ペチュニアに彳《た》ちルージュ濃き女達　西村和子

南風や化粧に洩れし耳の下　日野草城

黒子《ほくろ》に乗る白粉《おしろい》かなし花曇　田川飛旅子《ひりょし》

化粧《けわ》ひつつ人の噂や宵の春　竹田小時《ことき》

眉描いて女給等貧しスヰートピー　富安風生

樺《かば》色《いろ》の頬紅風邪のタイピスト　山口誓子

返り花新体操の濃き化粧　小野あらた

化粧せぬ童女もうつる初鏡　山口波津女

寒紅や鏡の中に火の如し　野見山朱鳥《のみやまあすか》

秋すだれ素顔さやかに人に逢ふ　柴田白葉女《はくようじょ》

女子大に通っていたころ、学科の同期十数人で旅行しようという話になり、一泊二日で那須塩原の温泉に出かけたことがある。夕食を食べ、温泉に入り、めいめい部屋に戻ってきて、さあ恋バナでもしようか……というタイミングで車座のみんなを見渡すと、いつの間にか知らない女の人が交じっている。おかしいな、と思って恐る恐るその人の顔を見つめると、眉は眉根を残してきれいに剃り上げられ、頬は白く、唇の色は青ざめていて……「湯冷めしちゃった」。それは、メイクを落とした同期のA子だった。

最近では「整形メイク」なるものが流行っているらしい。なんでも整形手術を施したくらい、瞳を大きく見せたり顎をシャープに見せたりできるのだとか。A子も普段からつけまつげなどして化粧は濃かったが、顔の印象をがらりと変えたのは、とにもかくにも眉がないことだった。そういえば、かの鈴木真砂女にも「地震や火事で、寝ている最中に飛び出さなきゃならないとき、誰だか分からないんじゃあいけないから」と、風呂上りに眉を描くことだけは欠かさなかったという逸話がある。眉は、女の顔の印象を決定づける要なのだ。

左眉描くのは苦手金魚玉　大石悦子

ほのぼのと眉描く妻や朝桜　長谷川 櫂

眉を描く女を詠んだ二句。一句目、左眉を描くのが苦手ということは、右利きなのだろう。眉はもちろん左右対称でなければいけないが、利き手でないほうのアーチを上手に描くのは、たしかになかなか難しい。そこを素直に「苦手」と表明するところに、作者のチャーミングな性格が表れている。息を詰めて描き終わって、ふっと目をやった先には金魚玉。下五の季語にほっとひと息つく。

二句目、安らぎに満ちた朝の風景である。鏡に向かって眉を描く妻の様子を「ほのぼの」と捉えた。女性である悦子の句の苦闘ぶりとは打って変わって、櫂の句の妻は眉描きをやすやすとこなしているように見える。しかし実際には妻も「左眉描くのは苦手」と思っているかもしれず、この二句を並べると、男性の目に映る姿と女性の内心とは必ずしも一致しないように思えるから面白い。

次も一句目が女性、二句目が男性の詠んだ句である。

春の夜や粧ひ終へし蠟短か　杉田久女

わぎもこが長き化粧や虹の窓　鈴木花蓑

どちらも、長い時間をかけて化粧したという内容だ。久女の句、春の宵に蠟燭《ろうそく》を灯して化粧していたらすっかり夜。外は暗く、蠟燭も短くなっている。これから出かけるのか、迎える人がいるのか。化粧にかけた時間の長さを、蠟燭の丈で可視化してみせたのが巧みだ。

花蓑の句、「わぎもこ（吾妹子）」は、男性が妻や恋人など愛する女性を呼ぶときの語。愛する彼女が、さっきから長いこと鏡台の前に座っている。女は化粧に集中しているので、窓の外にかかる虹にも気付かない。男のほうには、自分はすべて見ているという軽い優越感もあるだろうが、化粧する女の背景に「虹の窓」という美しい景色を配することで、むしろ彼女の美しさを誇り、さらなる美への期待感をほのめかしている。ここで下五に「枯芒」あたりが来たら、綾小路きみまろの漫談のように皮肉のきいたオチになってしまうのだが、「虹の窓」だから、まさに吾妹子という言葉の生きていた万葉の時代の相聞歌《そうもんか》さながらの、おおらかな女性賛歌となった。

二〇一三年のポーラ文化研究所の調べでは、化粧をする女性は全体の八四%、ほぼ毎日化粧する女性は六一%だそうだ。最近は、男性でも化粧品を使ったりパックをしたりするとも聞くが、それでも化粧はまだまだ女性中心の文化だといっていいだろう。私も、ふだん家にいるときはすっぴんで通しているが、仕事で出かけるときにはしぶしぶ化粧をする。どちらかというと、化粧で美しく変身したいというよりも、仕事の場へ向かうエチケットのような感覚だ。そのような化粧は、男性がネクタイを締めるのに似ているだろうか。

眉描いて女給等貧しスヰートピー　富安風生
樺色の頬紅風邪のタイピスト　山口誓子

風生の句、お金がないから働いているので、カフェの女給たちが貧しいのは当たり前といえば当たり前なのだが、上五の「眉描いて」の描写が鋭い。貧しい女給たちの化粧は濃く、描いた眉はその薄幸を体現するかのように、細く張りつめてかなしげに見えるのだろう。香りも強く華やかなスイートピーは、西洋の雰囲気たっぷり。しかし、どこかふわふわと頼りない感じの花びらに、女給たちの運命の心もとなさを重ねたくなる。

誓子の句は一読明快だ。タイピストの女性が、風邪をひいて顔色が悪いのを隠そうと、頬紅をいつもより強く刷いて仕事に向かっている。「樺色」という有機的で少し控えめな響きが、無理して健気に働くタイピストの心根を見せてくれる。

返り花新体操の濃き化粧　小野あらた

新体操の少女たちは、確かに化粧が濃い。これには理由がある。競技マットから審査員までの距離が十五メートルもあるのだそうだ。「十五メートル以上離れたところで美しく見えるメイク」が求められるのが新体操で、離れていても技の印象を強烈に与えるための目ヂカラ、外国の彫りの深い選手にもひけをとらない立体感、競技を続けても汗で落ちない化粧もちが重要なのだという。とはいえ、やはり近くで見れば「濃き化粧」。冬の無味乾燥な風景の中にポッと咲いた返り花を取り合わせたのは、返り花の素朴さによって化粧の濃さを対比的に際立たせるためか、それとも躑躅《つつじ》の返り花のようなあでやかさを、新体操の少女に見たのか。

そもそも化粧の歴史を遡れば、古代エジプトの壁画や旧約聖書にもその記述を見ることができる。日本で現在確認されているもっとも古い化粧の痕跡は三世紀後半頃の古墳時代、赤い顔料で化粧を施した埴輪が見つかっている。当時、赤い色は血や太陽の色として邪悪なものから身を守る呪術的な意味があったと推測されていて、どうやら現代のおしゃれ感覚の化粧とは異なるものだったらしい。その後『枕草子』にも「かしら洗ひ化粧じて、かうばしうしみたる衣など着たる。ことに見る人なき所にても、心のうちはなほいとをかし」(第二十九段)というくだりが見られる。髪を洗って化粧して着飾れば、誰に見せるわけでなくても気分が良いものだという清少納言の意見には、千年後の私も頷いた。女は、男にアピールするためだけに化粧するわけではないのだ。

まゆはきを俤にして紅粉の花　芭蕉

時代は下って江戸時代、『おくのほそ道』の道中、紅花で有名な尾花沢での一句。眉刷きは化粧道具のひとつで、白粉をつけた後の眉を払う刷毛のことである。紅花のかたちを眉刷きに見立てて、旅先で出会った紅花畑の感動を言いとめた。口紅をつくる紅花から、同じ化粧道具の眉刷きを自然と思い出したのだろう。「俤にして」というゆったりとした言葉はこびに、鄙《ひな》の美に出会った心の安らぎが表れている。

出女の口紅をしむ西瓜かな　支考

出女とは、旅籠の客引きの女性のこと。西瓜を食べていても、口紅がとれるのを惜しんでしまうのは貧しさゆえか。西瓜の赤、口紅の赤。ビビッドな色彩に、かえって哀れが際立つ。

化粧は難を隠し己を良く見せようとする虚飾でもあるから、化粧しているという事実が露見するとき、そこには醜さや恥ずかしさが顔を出すことになる。化粧は、必ずしも女性を美しく輝かせるとは限らない。

南風や化粧に洩れし耳の下　日野草城

黒子に乗る白粉かなし花曇　田川飛旅子

草城の句、顔の耳の下あたりに、白粉がうまく塗れていないと指摘している。正面から見たときには完璧に見える化粧も、横から見るとほころびがあるというのだ。嫌なところを見つける男だと思うが、「化粧に洩れし」という独自の表現の巧みさに唸らされ、つい許してしまう。配した季語「南風」がおおらかだ。女性の隙のある恥ずかしい姿すら愛しているという肯定力があり、草城の女性讃美的な一面をよく体現した一句だといえよう。

飛旅子の句は草城に比べると、「かなし」と言っているあたりに、化粧して自分を偽らなければいけない女の性を哀れに思う心情が、直截に表れている。「花曇」のくもっている感じが、黒子をぼやかす白粉のあり方と重なるのも面白い。それにしても、「化粧に洩れし耳の下」「黒子に乗る白粉」……もう、草城も飛旅子も、そんなところ見ないでッ。

化粧せぬ童女もうつる初鏡　山口波津女
寒紅や鏡の中に火の如し　野見山朱鳥

化粧に関する季語もある。初鏡は元旦に初めて化粧をする鏡のことで、傍題には「初化粧」がある。波津女の句、化粧をしている母の様子が物珍しくて、童女も鏡をのぞきこんでくる。邪魔といえば邪魔だが、かわいらしく睦まじい新年の風景だ。男の子ではなく童女だからこそ、いつかは彼女も母のように鏡に向かうことになるのだという女系の宿命を予感させるのである。朱鳥の句、寒紅は冬の季語。寒中に作った紅はことに色が美しいとされ、喜ばれた。特に寒の丑の日に買うものはもっとも上質とされ、歳時記の傍題にも「丑紅」がある。真っ赤な寒紅を引いた鏡の中の顔の強い印象。寒紅の赤を燃える火になぞらえたことで、魅惑的な赤さがハッと目に飛び込んでくる。彼女の心の底にも、火のように激しい感情が秘められているのかもしれない。

口紅の音なく折れて猟期来る　鳥居真里子

「口紅」と「猟期」の語が一句に並ぶと、口紅を塗る行為があたかも男を捕える準備のように思えてドキッとする。さらに、折れた口紅の無残な赤が、猟によって流される血を想像させる。ちなみに、古代エジプトには口紅を塗る習慣がなかったそうだが、一説には接吻の文化がなかったからだといわれている。唇が男を魅惑する器官だという認識がないので、強調する必要がなかったわけだ。

秋すだれ素顔さやかに人に逢ふ　柴田白葉女

秋簾を淡々と揺らす風が、化粧をしないままの素肌に心地よい。素顔で、しかもさやかな心地で会えるのは、本当に心許せる相手だ。朝、遅刻しそうになりながらマスカラを塗っているときなど、化粧なんて面倒くさい文化は金輪際捨ててしまえと思うが、化粧という建前があるからこそ、この句のように素顔という自然体の本音の魅力も引き立つのだよなあ。

鶯が来てる！　冷たい化粧水　池田澄子

化粧水で肌を整えているとき、今年初めて鶯の声を聞いた。その感動が、俳句には珍しい「！」で素直に写し取られた。化粧水の冷たさは、まだ早春で空気もひんやり冷たいことを意味する。毎日繰り返すベースメイクの時間だからこそ、季節の定点観測として、昨日とは違う鶯の声がハッと驚きをもって飛び込んでくるのだ。

化粧ひつつ人の噂や宵の春　竹田小時

女同士のバックヤード、化粧をしながら、思いのままに人の噂に花を咲かせる。小時は芸妓だったから、お座敷に出る準備中か。現代なら、女子トイレで化粧ポーチを携えて、「総務の○○さんがさあ」などと言い合う感じをイメージしてもいい。

化粧は特に、男性作者と女性作者の間で、捉え方の大きく違うテーマだ。他者として化粧を見つめる視線には、憧れや、ときに蔑みが滲むが、私のこととして化粧を引き受ける女たちの句には、季節を捉えた喜びしかり、噂話をする楽しさしかり、生活の中のいきいきとした本音が息づいている。

出社憂しマスクについた口紅も

紗希

老い《おい》

緑蔭に三人の老婆わらへりき　西東三鬼

チューリップわたしが八十なんて嘘　木田千《せん》女《じょ》

金輪際わりこむ婆や迎鐘　川端茅《ぼう》舎《しゃ》

花柘榴くちびるなめて媼どち　中村草田男

昇天寸前旱《ひでり》老婆の白日傘　森　澄雄

信心は楽しく涼しおばばたち　富安風生

白髪の女はすこし桜かな　鳴戸奈菜

媼てふ遠きわたくし朧《おぼろ》の木　正木ゆう子

白髪を許されずをる雛かな　大木あまり

女老いこはいものなしアッパッパ　菖蒲あや

雪解の刃物屋奥に老婆をり　飴山實《みのる》

着ぶくれて小さき顔の老《ろう》妓《ぎ》かな　下田実花

婆死んで爺衰へし蚊《か》遣《やり》かな　沢田はぎ女《じょ》

氷菓売る老婆に海はなき如し　右《う》城《しろ》暮《ぼ》石《せき》

播かぬ種子光る夕べの老婆の死　齋藤愼《しん》爾《じ》

紫陽花にわだつみの冷え奪衣婆　鍵和田《かぎわだ》秞子《ゆうこ》

降つたことおへんと婆や大根焚　茂《しげ》里《り》正《まさ》治《はる》

九十年生きし春着の裾捌き　鈴木真砂女

津波の跡老女生きてあり死なぬ　金子兜《とう》太《た》

老いながら椿となつて踊りけり　三橋鷹女

老いとは不思議なもので、人間必ず老いると分かっているのに、自分がその状況に置かれないと本当には理解できないという類のもののようだ。少なくとも私にとってはそうで、「いつか老いるのは当たり前」と思っていても、三十歳になってレジ袋が上手にめくれなくなったり（指の脂が少なくなってきたのだ）、手の甲の血管が浮き上がってきたり（肌の張りが弱くなってきたのだ）という老化現象に直面し、たじろいでいる。これまでにも母や祖母やその他大勢の女性のさまざまな老化現象を目の当たりにしているわけだが、いざ自分の身に起こってみると、この段階でもやはり動揺するものなのだなあ。まさに「花の命は短くて」。そんな私がひそかに共感を寄せ、励まされるのが次の句である。

チューリップわたしが八十なんて嘘　木田千女

いつのまにか八十歳になっていたことに、自ら驚いているのだ。八十歳になったという内容と、「なんて嘘」という少女のような口吻《こうふん》とのギャップが異様である。まるで、昨日まで少女だったのが、玉手箱を開けた浦島太郎のように、一夜にして八十歳になってしまったみたいだ。人生八十年の時代になったといえども、一生は一炊の夢なのだなあ。

取り合わせにチューリップを選んだことで、さらに体と心の年齢差が際立つ。チューリップはかわいらしい子どもに似合うイメージがあり、一般的には老いと対極にある印象だが、実際にはチューリップを愛する八十歳ももちろんいる。世間一般のまことしやかな老人らしさに無理に従って、へんにしおらしく炬燵で相撲を見ていなくたっていいのだ。

実際には、人間はある日いきなり老人になるのではなく、少しずつ一歩ずつ、じわじわと老いてゆく。つまりは少女時代から八十歳まで、地続きで「わたし」がつながっているのであり、だからこそ、ある日八十歳になったことに、はたと驚くのである。まあ、この句のように老いに対して気負わずにいられる性格だったら、それこそ八十歳まで長生きできそうだ。

八十歳？　まだまだ。九十歳も健在である。

九十年生きし春着の裾捌き　鈴木真砂女

鈴木真砂女は、銀座の小料理屋「卯波《うなみ》」の女将として、九十二歳まで四十余年、その灯を守ってきた。恋に生きた波瀾万丈の人生はよく知られるところで、真砂女が「九十年」というとき、彼女の人生の悲喜こもごもが、読者の脳裏をよぎるのである。いや、真砂女でなくとも、九十年生きてきたら誰だって語り尽くせない人生があるだろう。そんな九十年を乗り切ってきた気概が、お正月の晴着の裾捌きにも表れる。粋な瞬間を捉えた句だ。

千女・真砂女の句は、いずれも己の老いを詠んだ句である。一方、俳句では他者の老いが詠まれることも多い。モチーフとして老女や老婆が現れる句を、いくつか見てみよう。

金輪際わりこむ婆や迎鐘　川端茅舎

昇天寸前早老婆の白日傘　森　澄雄

みな、容赦ない。一句目、迎鐘は秋の季語。京都のお盆の最初の行事・六道参りで、精霊を迎えるためにつく鐘のことだ。人々が並ぶ列に割り込んで来たお婆さんがいた。スーパーのレジに割り込むならまだしも、迎鐘をつくためにショートカットしようとするとは。老いるということの美徳が注目されることが多いが、このような困ったお婆さんも存在するのだ。迎鐘の場面でないにしろ、スーパーのレジをはじめとして、誰しもこうした図々しさに直面した経験を持つからこそ、この句の共通理解が成立するのである。老女や老婆ではなく「婆」という強い表現をとったところに、彼女に対する呆れが表れているし、「金輪際」という成句も寺の迎鐘と取り合わせることで、本来は仏教用語であったことを思い出せるのが、楽しい計らいだ。

二句目、森澄雄にもこんな俳句があったのか。上五で「昇天寸前」とあられもないことを大胆な字余りで述べ、中七で「早老婆」と造語のリズムで畳み掛ける。早老婆とは、旱の日の老婆でもあるし、肌の保湿力が落ちて旱の大地のように乾ききった老婆でもあるだろう。白日傘は本来可憐で美しい女性を想起する季語だが、澄雄は今にも死にそうな老婆にそれを持たせた。チューリップと八十歳の出会いのように、早老婆と白日傘が出会う。

炎天下をゆらゆらと揺らめきながらこちらへ歩いてくる白日傘の老婆の姿を、確かに見たことがある、と思う。二句とも、美化せず、あるいは戯画化すらした老いを詠んだことで、突き抜けた生々しさが張っている。

氷菓売る老婆に海はなき如し　右城暮石

雪解の刃物屋奥に老婆をり　飴山　實

物売りの老婆がいる風景も、私たちの思い出の中を探せば、必ず見つかる記憶のひとつだ。海辺で氷菓を売る老婆、刃物屋の老婆、種物屋の老婆、たばこ屋の老婆……。どの老婆も、置物のようにほとんど動かず、ただじっとそこに居る。

一句目、芝不器男《ふきお》の名吟〈向日葵の蘂を見るとき海消えし〉と比べてみたい。不器男の句は、広大な海をなきものに感じさせてしまうほどの向日葵の蘂の存在感を描いた。みんなには見えている海が、私には見えなくなったという主観性の強い表現でもって、青春性を色濃く出した。対して暮石の句は、みんなには見えている海が、海を背にして氷菓を売る老婆には見えない。みんなの目的は海で遊ぶことだが、老婆の目的は氷菓を売ることである。もう水着を着ることはおろか海で遊ぶこともなくなって久しい老婆と、周囲の嬌声との隔絶。「消えし」と断定した不器男に対し、この句は「なき如し」、ないようで実はその存在も認識している。老婆にとって、海は単に見えないだけではなく、もはや意味をなさない存在なのだ。

二句目、雪解の光が刃物の光を連想させる。刃物屋の暗がりに座る老婆をみとめたとき、心臓がドキリとした瞬間を「をり」という確認の一語にこめた。

緑蔭に三人の老婆わらへりき　西東三鬼

三人の老婆といえば、シェークスピアの悲劇『マクベス』の三人の荒地の魔女を連想する。老婆という表象は、長い年月を生きてきて私たちの未知を知っている特異な存在として、文学においても活用されてきた。きれいは汚い、汚いはきれい。意味深な言葉に笑い合う老婆の不気味さが、うっそうと茂った夏の枝葉の作り出す緑蔭の闇を、いっそう深くしている。過去の詠嘆を使った「わらへりき」の下五も、文語のかたい調子が、まるで呪詛の言葉のようだ。

厚生労働省の発表した簡易生命表によると、平成二十四年現在の日本人の平均寿命は、男性が七十九・九四歳、女性が八十六・四一歳だという（その後、平成二十九年の統計では、男性八十一・〇九歳、八十七・二六歳に上昇）。女性は、男性以上に、老いた私という存在と、一生のどこかで直面しなければならない確率が高いのだ。

媼てふ遠きわたくし朧の木　正木ゆう子

とはいえ若い私にとって、媼の私はまだまだ「遠き」存在だ。その夢想する「わたくし」の老いのぼんやりとした感触が、輪郭の失せて正体の見えない朧の木に仮託されているのだろう。遠いと油断して歩いていたら、案外ぬっと目の前に幹が現れる、かもしれない。

老いながら椿となつて踊りけり　三橋鷹女

千女のチューリップの句も一足飛びに八十歳になったような感触があったが、この鷹女の句も、くるくると椿のように赤いスカートを翻らせ踊っている女が、一曲のうちにみるみる年老いてゆく錯覚に陥る。「椿のように」と直喩を使うのではなく「椿となつて」と椿への変身を断定的に示すことで、「老い」と椿のイメージが直に結ばれ、鮮明な印象だ。椿は赤く華やかで情熱的だが、その終わりはハラハラと散るのではなく、ある瞬間ぽとりと落ちる。落椿のようにぷつりと終わる人生が理想だ、という風狂な願望まで読み取ってもいいだろう。昭和二十五年作。鷹女が五十一歳、決して若くはなくなったころの作品だと分かると、老いの実感よりもむしろ、漲る気迫に圧倒される。

次の句では、主体は椿ではなく桜に同化してゆく。

白髪の女はすこし桜かな　鳴戸奈菜

白髪の女というのは少し桜に変化している、と大胆にたとえてみせたことで、むしろ逆に桜の木が意志をもった媼のように見えてくる。白髪の光と桜の光が呼応する。少し桜に近づくのなら、老いも悪いことばかりではない。

婆死んで爺衰へし蚊遣かな　沢田はぎ女

平均寿命は女性のほうが長いから、爺が先に旅立つ確率のほうが高いわけだが、掲句の夫妻は逆だった。夫のほうが遺されると一気に老けてしまうという話はよく聞くが、この句はまさにその状況を手際よくまとめた。蚊遣の煙がひょろひょろと立ち昇るのが切ない。爺は夏を乗り切れるだろうか。

最後に、あっけらかんと言い放った二句を挙げよう。

信心は楽しく涼しおばばたち　富安風生
女老いこはいものなしアッパッパ　菖蒲あや

風生の句、寺に集まる老女たちの姿を思い浮かべる。仏様やお釈迦様を信じて、迷いや悩みから解放された明るさが「楽しく」また「涼し」そうに見えるのだろうか。「おばばたち」の呼びかけに愛がある。あやの句、老いてしまえばアッパッパのような簡単な格好で宅配便を受け取るのも何てことはない。腹が据わった快さがある。

男はある程度老いても生殖能力が持続するからかどうなのか、いつまでも男という性別から逃れられない点が、大変そうでもある。逆に女は、老いることで男女の別を超えて「こはいものなし」の何かに変化する可能性が残されている点に未来を感じる。「媼てふ遠きわたくし」はどんな姿であろうか。できれば楽しく涼しく笑っていたいものだが。

牡蠣グラタンほぼマカロニや三十歳

紗希

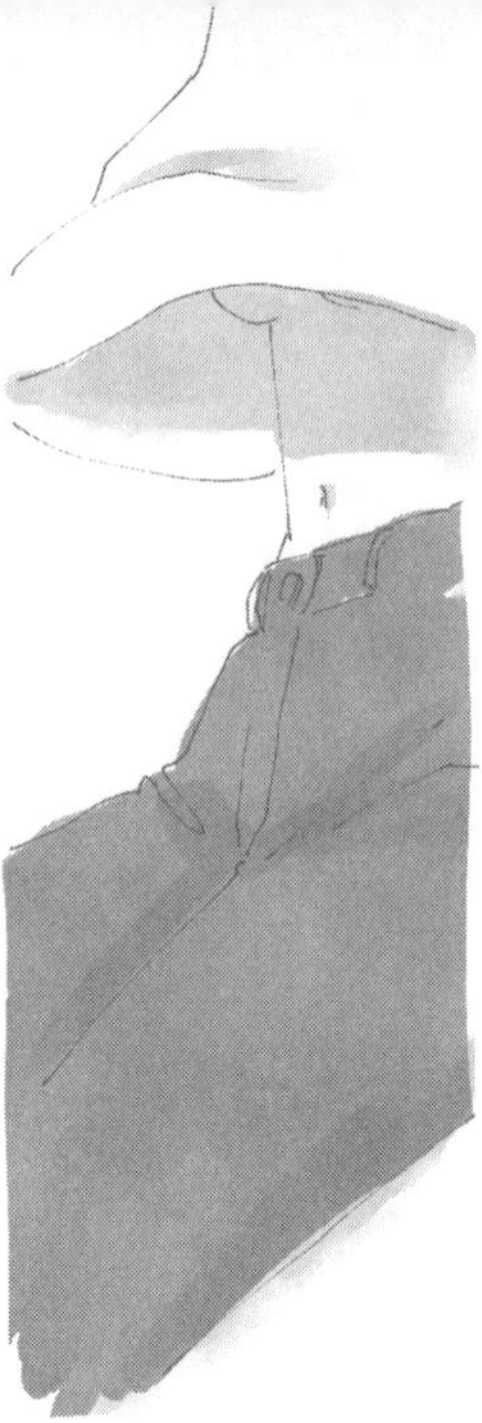

友《とも》

さくら見にゆこと連れだち女の子　西村和子

女きて女励ます九月の森　寺田京子

友に恋われに税くる蕗の雨　大木あまり

友の子に友の匂ひや梨しやり　野口る理

原宿や硝子の子宮の少女たち　高野ムツオ

葉柳に舟おさへ乗る女達　阿部みどり女《じょ》

仲よしの女二人の月見かな　波多野爽波《はたのそうは》

白無垢の友をみつめる　ただみつめる　松本恭子

真砂女さんに

生き耐へし女どうしの小さき足袋　柴田白葉女

待宵や女主に女客　蕪《ぶ》村《そん》

雪の休憩息ぶつけ合い少女ら話す　田川飛旅子

少女サーファー潮濡れの髪結ひ合ふも　河合公代

私より彼女が綺麗糸みみず　池田澄子

受験期の母てふ友はみな疎し　山田みづえ

友の夫遠き戦野に海ひかる　藤木清子

薫子は茜子待たせ吸入す　谷口智行

ココアのむ老嬢たち蝶のハンカチ　八木三日女

魚さげし女づれ見し寒さかな　室生犀星

交換日記少し余して卒業す　黛《まゆずみ》まどか

女にも七人の敵花ユッカ　近江満里子

「女の友情はハムより薄い」とは、結婚したくてもできない女たちの葛藤を描いた、ある月9ドラマの台詞である。ハムはハムでも厚切りロースハムならまだいいのだが、ついペラペラの安いハムを想像してしまう。朝、サラダに載せるためにパックの生ハムをめくると、たいてい、その薄さから途中で千切れてしまうのだ。ああ、切ない。

そして世の中には、この台詞を保証するような、「彼氏が出来たら付き合いが悪くなった」とか「子どもの受験をきっかけにママ友と疎遠になった」とかいう女友達に関する話が、定型的なエピソードとなって溢れている。そういえば、「女性間には、同情は成立するが、友情は成立しない」という格言めいた言葉を目にしたことも。はてさて、女同士の友情、本当に成立しないのか。

さくら見にゆこと連れだち女の子　西村和子

少なくとも小さい頃は、打算も邪推も嫉妬もなく、桜が咲いたから見にゆこうというただそれだけの目的で、ともに連れだって歩けたはずだ。「さくら、さくら」と歌いながら、手に手を取って。「見にゆこ」という舌足らずな口語表現は、今この瞬間を生きている者の放つ、ういういしいきらめきに溢れている。大人になる過程において、それなりに苦い経験もしてきた私たちは、そんな女の子たちの姿を、失われやすく純粋で尊いものとして、眩しく見遣る。

原宿や硝子の子宮の少女たち　高野ムツオ

女の子も、少し年を重ねると、いつしか思春期特有の繊細さ壊れやすさを身に付けるようになり、互いの関係性にも硝子のような脆さが兆してくる。若者の流行の最先端を象徴する原宿に集まる少女たちは、みな奇抜なファッションによって個性を発揮しているようでありながら、流行から取り残されること、つまり人と違うことを怖れているようにも見える。こうした紋切型の「少女」「原宿」のイメージをちらつかせた上で、ムツオは子宮を硝子に見立てた。色とりどりの服を身に着けた奥にある彼女たちの子宮は、まだ何の命も宿さない、硝子の器だ。硝子の特徴は、透き通っていることと、割れやすいこと。連れだつ少女たちのきらめきと危うさとを、清新な比喩で掬い取ったところが、この句の眼目だ。

次の二句も、少女たちの友情関係を詠んでいる。

雪の休憩息ぶつけ合い少女ら話す　田川飛旅子
少女サーファー潮濡れの髪結ひ合ふも　河合公代

一句目、スキーにでも来ているのだろう。興奮冷めやらぬまま、ホットココアなど飲みながら、語り合っている。中七の「息ぶつけ合い」という勢いに、少女たちの潑剌とした肉体と精神が表れている。ともすれば喧嘩に発展することもあるだろうが、それもまた健全の証で、若さを遠く置いて来た傍観者には、微笑ましく映る。さらに季節が半分巡って、二句目は夏の海辺の風景だ。サーファーの少女同士が、潮に濡れてごわごわしている互いの髪を結い合っている風景を、スケッチ風に切り取った。髪をきっちり結い直したら、また二人で波を捉えに行くのだろうか。

女同士の友情を主題にしたヒット曲といえば、竹内まりやの「元気を出して」(作詞作曲・竹内まりや)だ。私は家事をしながら、この歌をよく口ずさむ。「涙など見せない強気なあなたを　そんなに悲しませた人は誰なの」と歌い出し、失恋した友人を「早く元気出して　あの笑顔を見せて」と励ます歌だ。悲しいことがあっても、歌っていると、自然と元気が出てくる。私の心の内にも、辛さを共有できる友人に「元気出して」と励まされたい願望があるのだろう。自分で歌って自分を励ます私は、その瞬間、寂しい一人に見えるだろうか。

女きて女励ます九月の森　寺田京子

女が女を励ましている。片方に何か辛いことがあったのだ。「女きて女励ます」場面は、都会のビルの一室でも、カフェのテラスでも、どこでも見られる友情の一風景だが、「九月の森」としたことで、象徴的な色合いが濃くなった。九月の森は、夏が終わって木々の緑も衰え始めた空間。吹き抜ける風の涼しさ、蜩の声の人恋しさが、二人を膜のように包んで寂しさを育ててゆく。実際に九月の森でこういう風景を見たと現実的に解釈するのもいいが、女が女を励ます折々、オフィスの一室やカフェのテラスに幻の九月の森が出現するような、そんな感覚を味わってもいい。ともすれば皮肉めいて語ることもできる女同士の友情を、森という原始的な場所に置くことで、素朴な「励まし」であると素直に受け取ることができる。

友に恋われに税くる蕗の雨　大木あまり

友人から、恋をしていると聞かされた。それに引きかえ私はといえば、恋なんて素敵なものは訪れることもなく、来るのは税金の徴収くらいであるよ、と嘆いてみせている。この対比に込められた真意が、嫉妬というどろどろとした感情ではなく、あっけらかんとした諧謔《かいぎゃく》であることを示すのが、「蕗の雨」だ。友の恋を眩しがりつつ己の状況を省みたときの感情は、蕗のもつほろ苦さと同質のものかもしれない。蕗は初夏の季語だから、友の恋はきっと夏が深まるとともに燃え上がるだろう。かたや私は、納税の義務を果たしながら、蕗という地味な植物にそぼ降る雨のように、淡々と生きていくのだ。憲法で規定されている国民の義務に、恋愛は入っていないのだから、後ろめたさを感じることはない。もし、夏とともに友の恋が終わってしまったら、そのときは、九月の森で慰めようか。

友の子に友の匂ひや梨しやりり　野口る理

かつては教室で机を並べて、同じような環境で同じような目標に向かって勉強していた友人が、いつしかそれぞれの道をそれぞれのスピードで進むようになる。久々に会った友人は、すでに子どもを産んで子育てをしており、そこには自分と違う人生があるのだというこことを目の当たりにする。しかも、抱き上げた友の子には、友の匂いがするのだ。目が似ているとか鼻が似ているとかいうよりも、嗅覚はより動物的な、いわば本能の勘だ。濃密で確かな関係性がそこにはある。私に出来るのは、出された梨を齧って、「しやりり」と音を立てるくらい。涼しく頼りなげな梨の感触には、傍観者の気分が滲む。

白無垢の友をみつめる　ただみつめる　松本恭子

新婦の友人として、結婚式に参列しているのだ。しずしずと登場した白無垢姿の友を、ただただ見つめている。なるほど「みつめる」というのは考えてみれば面白い動作で、式が始まるまでに私の胸を去来した喜びや嬉しさや妬心や寂しさといった諸々の感情は心の器をあふれてしまって、今はただひたむきに彼女の今を見守っているという感じがする。季語？　そんなこと、胸がいっぱいで、考えている余裕はないの。敬虔《けいけん》な態度は、祈りにも似て。

受験期の母てふ友はみな疎し　山田みづえ

学生時代は、国立大学の付属小学校の裏に住んでいたので、お受験の季節になると、いかにも教育ママといった風貌の母たちが列をなしている風景を横目に、大学に通っていた。あるとき、一人の母親が、スーツ姿のまま公園の植え込みにしゃがみこんで、誰かと携帯電話で話している。「あああダメだったあああどうしよおおおううう」。ほとんどが嗚咽だったが、受験の失敗を告げていたようだ。そのそばを、こちらは合格したらしい数人の母親たちが「制服、何枚買う？」「定期もいるよね」などと笑いながら歩いてゆく。とにかく、お受験が恐ろしい世界だということだけは、分かった。

母というのはそもそも自分の子どもの処遇に対して敏感なもので、受験期ならばなおさらだろう。忙しいからおのずと疎遠になるし、久々に会えたとしても、受験に関する話ばかり。どこかピリピリしていて楽しくない。正直な気持ちをストレートに「疎し」と述べたところに、快さがある。だからといって、別に嫌いになったわけじゃないのだ。

もちろん大人になったって、友と楽しみを共有することはできる。

ココアのむ老嬢たち蝶のハンカチ　八木三日女

「老人」「老婆」ではなく「老嬢」であるから、少女時代のように楽しげに語らっているのだろう。ココアのそばに置かれたハンカチが彼女たちのたしなみを、その蝶の刺繍が彼女たちの心の芯にある可憐さを具象化している。ハンカチのようにふんわりと大きな翅の夏の蝶が、時間のようにゆったりと、しかし確実に過ぎ去ってゆく。

仲よしの女二人の月見かな　波多野爽波

若い二人ではなく、ある程度年を重ねた二人だと感じさせるのは、月見という行事のゆかしさゆえだろうか。それとも、あっけらかんと「仲よし」と言ってのけられる肝の太さゆえだろうか。嫁と姑、母と娘という関係性も考えられるが、そうした間柄の中にも、たとえば月見のときには友情めいた感情が芽生えることもある。だから何だと言われかねない明るい内容だが、幸せな友情とは本来、ほのぼのとして大きな波もないものである。月という大切なものに誓って「仲よし」だと言えるところに、真実の重さが宿る。

交換日記少し余して卒業す　黛まどか

交換日記をする相手は、友達に限らず、異性の可能性もある。しかし、この句はきっと、友達との交換日記の句だ。恋心があれば、掲句のように余裕を持って語るのは違和感がある。友達というのは、たとえば学校というひとつの環境を離れてしまえば、それっきり疎遠になってしまうということもままある。交換日記の余白に書かれるはずの未来を、今は別々に生きている。それが、生活を共にする恋人や伴侶や家族とは違う、友人という距離感なのだろう。

私も、小学校のころに交換日記をつけていた。相手の友人は、広島の美大に進学し、そのまま結婚して、広島で二人の子どもを育てている。長らく連絡はとっていないが、彼女のことだから、きっと元気でやってくれている。くれていると書いたのはおそらく、彼女は「あったかもしれない私の未来」を、私は「あったかもしれない彼女の未来」を生きているという思いでいるからで、たとえばこの涼しい距離を友情と呼んでも、差支えないだろうか。

女子大やTシャツめくり臍扇ぐ

紗希

キャラクター

きゃらくたー

春寒や竹の中なるかぐや姫　日野草城

人参は嫌ひ赤毛のアンが好き　山田弘子

足袋つぐやノラともならず教師妻　杉田久女

春の雪レダ描きし夜の夫優し　小池文子

モナリザに仮死いつまでもこがね虫　西東三鬼

ルノアルの女に毛糸編ませたし　阿波野《あわの》青畝《せいほ》

いちじく裂く六条御息所の恋　奥坂まや

傀儡の厨子王安寿ものがたり　後藤夜半《やはん》

ファウストのマーガレットに又会ひし　星野　椿

絵かるたの清少納言背を見する　大橋敦子

櫻姫とは月明に消ゆるもの　田中裕明

秋蝶やアリスはふつとゐなくなる　髙柳克弘

西鶴の女みな死ぬ夜の秋　長谷川かな女《じょ》

性格が八百屋お七でシクラメン　京極杞陽

マッチ売りの少女死なせし雪はげし　成瀬櫻桃子

象潟や雨に西施がねぶの花　芭　蕉

涼しさは卑弥呼と卑弥呼すれ違ふ　高山れおな

小説のヒロイン死ぬや更衣　中村汀女

かど〳〵にオフェリア流れつき薄暑　閒《ま》村《むら》俊一

綾波　一句

二人目のレイの命日ひまわり揺れ　福田若之

大学のころ、演習のテキストとして、明治時代の大ベストセラーである徳冨蘆花《ろか》の『不如帰《ほととぎす》』を扱ったことがある。主人公はうら若き女性、浪子。実家では継母に邪険にされ、嫁ぎ先では気難しい義母に苦労し、結核にかかり、夫は戦争にとられ、最後は死んでしまうという、元祖昼ドラのような話だ。その名のとおり人生の荒波に翻弄された浪子が自らの死の間際に放ったのは、女の声を代弁するような魂の叫びだった。「ああつらい！ つらい！ もう――婦人《おんな》なんぞに――生まれはしませんよ」。浪子は私とうりふたつだと感じる女性がどのくらい存在したかは定かではないが、物語の中で披瀝《ひれき》される浪子の悩みを共有できる女性は、相当多かったはずだ。現代の日本でのほほんと暮らしている私でも、近代文学史上に輝く浪子の名台詞に、共感する瞬間はある。そういえば、中島みゆきの名曲「ファイト！」(作詞作曲・中島みゆき)にも「あたし男に生まれればよかったわ」というくだりがあった。百年やそこらで、女の立ち位置が劇的に変化するわけはないのだ。

小説のヒロイン死ぬや更衣　中村汀女

そう、小説のヒロインにはしばしば、死という結末が用意されている。アリストテレスは、物語における悲劇の目的を、苦しみの浄化だと考えた。読者はヒロインの死に接することで、心に鬱積した感情をさまざまに解放し、カタルシスを得る。そして「さて、更衣でもしようか」と、気分を更新して生活へと戻ってゆくのだ。

取り合わせられた「更衣」という季語を、生活臭のする家事のひとつとしてのみ捉えた場合には、「小説のヒロインは死んだら解放されるけど、私の生活はこのあとも続いていくのよね。小説は小説、私は更衣しなくっちゃ」と、やや対比の効きすぎた安易な結論に落とし込んだ句にも見える。しかし、〈遥かなる杉の穂そよぐ更衣　阿部みどり女〉〈やはらかき手足還りぬ更衣　野澤節子〉〈衣更へて遠からねども橋ひとつ　汀女〉といった句を経て、私たちは更衣という季語から、夏服で初夏の風を受ける涼しさや心もとなさまで感じとることができる。小説のヒロインの死に出会い、そこから現実世界へと戻ってきたときの、うまく言葉にはできない感触や気分を、言葉にしないまま、更衣という季語のもつ涼しさを媒介して感じさせてくれる構造……まさに取り合わせの本領発揮である。

古今東西、小説や絵画などの芸術作品に、女はさまざまな描かれ方をしてきた。中でも個性的な登場人物たちは、そのキャラクターの魅力から、二次的に俳句に詠み込まれることも少なくない。その場合、すでに作品のキャラクターとして出来上がっている、いわば既製品を引用することから、おのずと、配合する季語の選択や文体の工夫によって、作家の個性を示す必要が出てくる。

次の句も、汀女の句と同様、取り合わせの妙で成立している。

春寒や竹の中なるかぐや姫　日野草城

かぐや姫は、日本最古の物語『竹取物語』のヒロインだ。「竹の中なるかぐや姫」というフレーズのみでは、竹取物語の冒頭シーンの単なる説明にすぎない。「春寒」という季語によって、竹のひんやりとした清潔さが感じられ、その中におわす幼い姫の清らかさまで引き出されている。また早春の、なんとなく水や木や景物のあれこれが内側から光り出してくるような気配も、竹の中から姫が放っていた光を、リアルに実感させてくれる。さらに春寒というのは、春夏秋冬の季節の巡りのはじめでもある。そのはじめの春寒を物語の冒頭と重ねることで、これから物語が始まるのだという気分をも高めてくれる。結果、溶け始めた雪の中から顔を出したふきのとうのように、まだ冷たい風の中でふくらんだ梅の蕾のように、ういういしいかぐや姫の実存を、感覚を通して知ることができるのだ。

一方、次の句は、文体の工夫によって句を立たしめた。

人参は嫌ひ赤毛のアンが好き　山田弘子

『赤毛のアン』は、カナダの作家モンゴメリの長編小説だ。孤児だったアンが老兄妹に引き取られ、学校へ行き、友情をはぐくみ、恋愛をし、豊かな少女時代を過ごすさまが描かれている。私も、幼いころに母からシリーズ全十一巻を与えられ、その朗らかな浪漫に浸ったものだ。

同じ赤でも、人参は嫌いだけど、赤毛のアンは好き。きっぱりとした物言いが快い句だ。

『赤毛のアン』には、級友ギルバートが初対面で彼女の赤毛を引っぱり「にんじん、にんじん」とからかう印象的なシーンがある。自分の髪の赤さに劣等感を抱いていたアンは、石板でギルバートを叩いてしまうのだが、彼が未来の夫となるのだった。「好き」「嫌い」とはきはき意見を述べるこの句の主体は、きっとまっすぐな性格で、それはついカッとなって石板を振り上げてしまうアンと似ていて、だから「好き」につながるのだろう。人参を取り合わせた理由は小説を読めば分かるのだが、それを対句仕立てに構成することで、歯切れのいい楽しい句となった。

そして、文学に書かれた女というテーマで、紫式部の『源氏物語』を挙げないわけにはいくまい。主人公であるプリンス光源氏が、多くの女性たちを相手に繰り広げた王朝恋物語である。

いちじく裂く六条御息所の恋　奥坂まや

六条御息所は源氏の愛した女の一人で、中心人物ではないが重要な役回りのキャラクターだ。源氏より年上で、気品や教養にあふれた美しい女性なのだが、その高貴さゆえに源氏の足は遠のく。反比例して彼女の源氏への愛は募るが、プライドゆえに素直になれず、本心を押し殺してしまう。結果、強い嫉妬のあまり、本人も気づかないうちに生霊となって、恋敵の女性たちを殺してしまう。

激しい情念を持つ悲しい女なのだが、耐える夕顔や幼い紫の上といった男性の喜びそうな女性像よりも、自分の思いをうまくコントロールできない不器用な六条御息所のほうが、私には愛おしい。この句の作者にもどこかそういう思いがあって、決してヒロインにはなれない彼女にスポットを当てたのではなかろうか。無花果のグロテスクな果肉と、指に力を入れればすぐに潰れてしまう柔らかい脆さ、「裂く」という動詞のおどろおどろしさなどが、六条御息所というキャラクターの性質を、的確に言い当てている。

足袋つぐやノラともならず教師妻　杉田久女

久女の代表句にも、キャラクターの名前が登場する。ノラとは、ノルウェーの劇作家イプセンの戯曲『人形の家』のヒロインの名である。ノラには弁護士の夫がいたが、ある事件を通して、彼とは一人の人間同士として対等な関係を結ぶことがかなわないと気づき、家を出る決断をする。フェミニズム運動の契機を語る際によく引用される名作で、新しい時代の女性を代表するキャラクターだった。久女は、夫を捨てたノラに憧れながらもノラとはならず、美術教師の妻という立場に甘んじて日常を過ごす自身を、「足袋つぐ」という卑近《ひきん》な行為で戯画化した。誰しもがドラマのヒロインになれるわけではない。堂々とした詠みぶりは、苛立ちの果ての開き直りとも見てとれる。

綾波　一句

二人目のレイの命日ひまわり揺れ　福田若之

時代は一気に下って一九九〇年代、「新世紀エヴァンゲリオン」というアニメが一世を風靡した。地球を襲う謎の敵「使徒」に立ち向かうため、少年少女が人型兵器エヴァンゲリオンに乗って闘うという物語で、主人公の碇シンジが逃げてばかりのヒーローらしからぬ弱虫少年であること、ヒロインの綾波レイがにこりともしない無表情の少女であることなど、キャラクター造型の新しさも特徴だった。

レイはクローンとして何度も甦る設定で、シンジがはじめに出会ったレイは、実はすでに二人目のレイだった。だから「二人目のレイの命日」とは、シンジが初めて体験したレイの喪失を指す、物語では重大な出来事なのだ。このアニメでは、学校や海や西瓜畑など、郷愁を誘う懐かしい風景の中でドラマが展開される。残虐な戦闘シーンとのギャップを生む効果もあるのだろう。定番の「ひまわり」の選択は、エヴァンゲリオンの世界観に忠実な句作だといえる。

六条御息所やノラへ寄せられた人間的洞察に比べて、この句のレイへの踏み込みは浅い。その浅さを、作者とキャラクターとの関係性が書き込まれておらず物足りないととることもできるが、その浅さが、アイコンとして二次的に消費されてゆく綾波レイというキャラクターを、メタ的に表現していて現代的だと読むこともできる。

傀儡の厨子王安寿ものがたり　後藤夜半

傀儡師が人形を操って、厨子王と安寿の物語を演じてくれたのだ。傀儡は、新年の季語としての具体的な景物でありながら、運命に操られた安寿と厨子王の人生を象徴してもいる。

秋蝶やアリスはふつとゐなくなる　髙柳克弘

ルイス・キャロルの『不思議の国のアリス』だ。「や」で切っているのに、やはり秋蝶が主語として、ふっといなくなるような感覚に陥るのが不思議である。それだけ、秋蝶とアリス、像が重なる近しいものを配合したのだ。春や夏の盛りの蝶ではなく、滅びの予兆をはらんだ秋の蝶を配したことで、少女アリスの儚さや頼りなさが表現された。

性格が八百屋お七でシクラメン　京極杞陽

京極杞陽の代表句、実にへんてこりんな句である。八百屋お七は、江戸時代の実在の人物。八百屋の娘だったのだが、恋人に会いたい一心で放火事件を起こし、火あぶりの刑に処されたらしい。井原西鶴が『好色五人女』に取り上げるなどして、作品上に現れるキャラクターとなった。お七のような性格とはたとえば、一途になりすぎるあまり分別を見失い、周囲を省みずとんでもないことを実行してしまうような、困った激しい性格ということになる。つんつんと赤い花をつけるシクラメンの色や形状は、彼女のつけた火と似ている。性格が八百屋お七であれば、社会生活を営むのはさぞ困難だろうと思うが、「八百屋お七でシクラメン」とのんびりした詠みぶりで言い放っているあたり、のんきというか、我が道をゆくというか。内容に対する文体のギャップが、この句のユーモアを担保している。

俳句にキャラクターを詠むと、その作品の世界観を一句に引き込める。逆に、虎の威を借る狐のように、引用した作品の世界に奉仕する内容になると、句はあくまで副次的なものになってしまう。キャラクターの女たちを、十七音という短い中で、どう演出するか。現実の女性をエスコートするより、よっぽど難しい、はず。

ヨットの帆白しアリスの靴下も

紗希

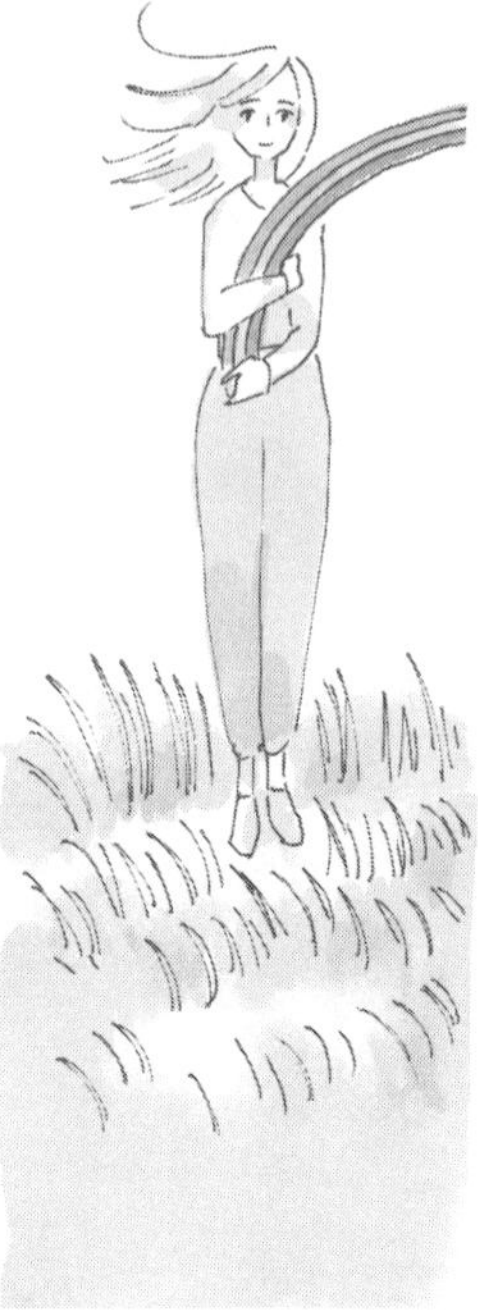

妻《つま》

空は太初の青さ妻より林檎うく　中村草田男
除夜の妻白鳥のごと湯浴みをり　森　澄雄
手鏡の中を妻来る春の雪　野見山朱鳥
妻よおまえはなぜこんなにかわいいんだろうね　橋本夢《む》道《どう》
わが机妻が占めをり土筆むく　富安風生
毛糸編み来世も夫にかく編まん　山口波津女
亭主より女房ほしき秋のくれ　稲垣きくの
蛸を揉む力は夫に見せまじもの　八木三日女

紙ヒコーキ飛ばして一人妻の反乱　岸本マチ子
トマトの種べつとり捨てて主婦に倦む　伊藤敬子
身にしむや亡き妻の櫛を閨に踏む　蕪　村
妻の臍十日見ざりき其角の忌　小川軽舟
吸入の妻が口開け阿呆らしや　山口青邨《せいそん》
たのしくて涙ぐむ妻胡桃割　細川加賀《かが》
妻にも未来雪を吸いとる水母の海　金子兜太
駅ごとに妻佇つてゐる旱かな　高山れおな
虹を一瞥もどれば妻の黒瞳あり　高野ムツオ
妻の手に触れて我がある櫻冷　正木浩一
妻と寝て銀漢の尾に父母います　鷹羽狩行
目白鳴く日向に妻と坐りたり　臼田亜浪《うすだあろう》

ここのところ、「ダンナくん」という言葉を見聞きする。自分の夫を親しみをこめて呼ぶ言葉で、「うちのダンナくんがこの間キャンプに行ってきて……」などと、主にママ友同士の会話で使われるようだ。配偶者の男性の呼び方には、夫、亭主、旦那、主人などがあるが、男性を敬う呼称が多い。かつて日本の家庭のモデルケースだった家父長制においては、男性を一家の主として扱う呼称と、男性が一家の大黒柱だった現実とがある程度一致していたこともあって、違和感がなかったのだろう。ところが、恋愛結婚が主流で共働きも少なくない現代、夫婦の対等な関係において、旦那や主人といった主従関係を示す言葉をそのまま使うことになじめない妻たちもいる。彼女たちが折衷案として編み出したのが「ダンナくん」という珍妙な言葉である。

「旦那」と敬いながら、「くん」と親しみを込めて呼ぶこの言葉。敬意と親しみを合わせもつ言葉にも思えるが、「馬鹿にされているような気がする」と露骨に嫌な顔をする男性も多い。実際、「くん」をつけることで本来の敬意を中和しているわけだから、軽視されていると男性が感じるのも道理だ。対等な関係を示す男性配偶者の呼称の乏しさから、自分の夫を「連れ合い」「相方」「パートナー」など性別を問わない表現で呼ぶ女性も増えている。

一方、女性配偶者の呼称はというと、妻、家内、女房、カミさん、奥さん、ワイフ……細君や恋女房というのは美称、愚妻や荊妻などは謙称だ。口やかましい妻のことを、恐ろしい山の女神になぞらえて、山の神なんて言い方もある。男性配偶者よりも女性配偶者を指す言葉のバリエーションが豊かなのは、男性のほうが家の外に出る機会が多く、したがってパートナーである妻のことを述べる機会も多かったからなのだろうか。

俳句においても、妻を詠んだ句の作者には圧倒的に男性が多い。

空は太初の青さ妻より林檎うく　中村草田男

除夜の妻白鳥のごと湯浴みをり　森　澄雄

妻と寝て銀漢の尾に父母います　鷹羽狩行

いずれも近現代俳句史に刻まれたまぎれもない名作であり、作者の代表作としても名高い句である。草田男の句、まるで世界が造られたばかりのころのようなみずみずしい青空の下で、妻から受け取る林檎は、旧約聖書の「創世記」でアダムがイブから受け取った、エデンの園の知恵の実のようだ。「太初」の語が「創世」を思わせるし、女から男へ果実を与えるという点でもアダムとイブの連想を誘う。まるでこの世界のはじめの男女のように初々しく運命的な私たち。知恵の実を口にすれば、二人の無垢は失われ楽園を追われることになるが、結婚とはそうした苦役を含め運命を共にするものだという覚悟まで読み取ってもいいだろう。空の青を背景に妻が差し出す林檎の赤。ビビッドで甘美な一句である。

澄雄の句、入浴中の妻の姿を、なんと美しい白鳥になぞらえた。新しい一年を迎えんとする除夜に、しらじらと洗い上げられた女体を思う。謙遜を旨とする日本社会において、実生活では眉をひそめられる妻褒めも、ここまで極めればすがすがしいものだ。

狩行の句、銀河の端ほど遠くに父母を置いて、私は妻と二人、この夜を眠ります……。新しい家庭をここで築いてゆくのだという実感に満ちている。結婚するということは、一番親しく大切にすべき家族を、父母から妻あるいは夫へと書き換えることなのかもしれない。心理的に遠ざかってしまった父母は、いつか死によって現実的にも遠ざけられてしまう。その準備のようなこの距離を恋しく切なく思いつつ、彼らもまた一対の夫婦であることに思い至るとき、私と妻が身を寄せ合って眠るように、父母も二人の時間を過ごしているだろうと、寂しくもあたたかい気持ちになるのである。かつての大家族の時代には父母も息子も嫁も一つ屋根の下で暮らしていたわけで、この句は核家族化した現代の家族像を、静かに写し取っている。

「銀漢の尾」という表現にも注目したい。尾とは、終わりであり末である。銀漢という悠久の時間を連綿と続いてきた血脈の末尾に、父母もまた連なっているのだと、先祖の歴史を眺めやることもできる。

三人は他にも多くの愛妻俳句を残している。草田男の〈妻抱かな春昼の砂利踏みて帰る〉〈妻二タ夜あらぬ二タ夜の天の川〉、澄雄の〈妻がゐて夜長を言へりさう思ふ〉〈木の実のごとき臍もちき死なしめき〉、狩行の〈新緑のアパート妻を玻璃囲ひ〉〈夫とゐて冬薔薇に唇つけし罪〉など、知られている句だけでも枚挙に暇がない。妻というキーワードは、この三人の作風に共通するロマンチシズムと非常に相性の良い素材であるようだ。

次の二句も、妻を美しく詠み上げた。

手鏡の中を妻来る春の雪　　野見山朱鳥

虹を一瞥もどれば妻の黒瞳あり　　高野ムツオ

朱鳥の句、かざした手鏡の小さな世界に、春の雪の中で傘をさして私のところに歩んでくる妻の姿が映っている。なんと美しい妻だろう。手鏡に映った妻を「手鏡の中を妻来る」と小枠に表現したことで、妻を私の手中に収めて閉じ込めている、ひそかな所有の喜びをも読み取りたくなる。

ムツオの句は仕事の帰路だろうか、虹にも立ち止まることなく、一瞥をくわえたのみで家に帰り来れば、そこには妻の美しい黒瞳があった。その黒い瞳で、妻はあの虹を見つめただろうか。作者の視線は、自然と妻の黒瞳に吸い込まれてしまう。どんな色も、混ぜれば黒に近づいてゆく。黒という色の全能感が、妻のまなざしを深く深くする。

妻を素材にした俳句には、妻を美しく良いものとして詠み上げているものが多い。そもそも男女が互いを褒め合うのは日本古来の恋歌の伝統で、古事記の国産み神話にも、男神イザナギと女神イザナミが柱のまわりを廻り「あなたはなんていい男なんでしょう」「あなたはなんていい女なんだろう」と褒め合った場面がある。妻褒めの句はおそらく、そうした日本文学の伝統と太いパイプでつながっている。杉田久女にも〈防人の妻恋ふ歌や磯菜摘む〉という句があるが、万葉集の昔から、妻は恋しく思うものだった。

一方、そうした妻褒めの姿勢を崩したところに、和歌とは違う俳句の俳句らしさがあるともいえるわけで、次の一句などは、まさに和歌ではついぞ詠まれ得なかった妻の一場面だろう。

吸入の妻が口開け阿呆らしや　山口青邨

吸入とは、風邪の咳をしずめるために、薬品を霧状にして口中へと送る治療だ。吸入器へ向かってぽかんと口を開けている妻は、なんとも間抜けである。その姿を「阿呆らしや」とストレートに言いなすことで、美化しない妻の姿を描き出した。こうしたあっけらかんとした句が、ありのままを描く写生を旨としたホトトギス一派から生まれたのは、納得の事実である。妻というのは始終一緒にいる女だから、美しくないところだってよくよく知っているはずだ。こうした句の正直さは、俳句ならではの美徳といっていい。

とはいえ、こんなことを言われて、女性だって黙っちゃいないのである。

紙ヒコーキ飛ばして一人妻の反乱　岸本マチ子

トマトの種べっとり捨てて主婦に倦む　伊藤敬子

亭主より女房ほしき秋のくれ　稲垣きくの

女性俳人による三句だ。一句目、「妻の反乱」とは穏やかでないが、紙飛行機という頼りない玩具を飛ばす程度であれば可愛らしいものだ。遠くへ飛べない紙飛行機のように、どうせどこへも行けないと分かっていながらも、紙飛行機を飛ばさざるを得ない憂愁《ゆうしゅう》は、かつて家庭に縛られていた妻の共通感覚だったのではなかろうか。二句目、俎板にどろっと垂れたトマトの種を捨てるとき、激しい倦怠感が襲った。主婦でいることが嫌でたまらなくなる瞬間というのは、案外こうした日常の風景に転がっているものだ。「べっとり」というオノマトペが、トマトの種の質感を表すとともに、まとわりつく憂いの心理的な暑苦しさまで描き出している。三句目、小気味よい句だ。何もしない亭主より、よく働く女房がいたらどんなに良いか。「秋のくれ」という和歌的な伝統を色濃く引き継ぐゆかしい季語を置くことで諧謔味が強くなるし、秋の夕日はつるべ落としだから、空が暮れてもまだ終わらない家事にいらだっている状況も察せられる。

三句とも、日常の俗の風景に立脚した自虐的な詠みぶりに諧謔が滲む。かつて、女性にはユーモアが欠けているから女性は俳句に向かないなどと言われていたそうだが、妻を詠んだ句に限っては、夢見がちな男性俳人諸氏よりも、現実を見据えたこれら女性俳人の句のほうが、よりアイロニカルでユーモアがある。現実に即して素直に詠めば諧謔が生まれるということは、文学の中の理想の妻の像と、現実の妻の置かれた状況に、大きな開きがあるということだろう。だから、

毛糸編み来世も夫にかく編まん　山口波津女

こういう「出来た嫁」を地でいかれると、少し反発したくもなる。「かく」という一語は、今現在も夫のために何かを編んでいるという愛情の実行の証左なのだから恐れ入る。ちなみに「いい夫婦の日」をすすめる会の調査では、生まれ変わっても今の相手と結婚したいかという質問に、男性の半数が「はい」と答えたのに対し、女性の七割強が「いいえ」もしくは「考える」と答えたそうだ。結婚や出産によって人生が大きく変化するのは男性よりも女性のほうで、多くの選択肢を折々選んできたからこそ、あのときこうしていたらと、ありうべき別の現在を想像する余地も大きいのかもしれない。

妻にも未来雪を吸いとる水母の海　金子兜太

水母のひしめく透明でやわらかな海に、降る雪が無音のままに吸いとられる。自然の風景を通して、妻の未来が生活に消費されてゆく感覚を具象化している。当たり前だが、妻

にも未来があるのだ。そしてその未来は自分と結婚したことで、かなり限定的なものとなったと、この夫は自覚している。いつか降りやむそのときまで、海は雪を吸い続ける。

たのしくて涙ぐむ妻胡桃割　細川加賀

胡桃を割っている日常の瞬間にも、ふと妻の生身の人生がむき出しになる。楽しくて滲んだその涙は、彼女のかつての未来そのものであり、まぎれもない現在なのだ。見逃さなかった加賀もまた、妻にも未来があるという当たり前のことをきちんと知っていた人だ。

新妻が風ごと振り返る　虹よ

紗希

雛《ひな》

初雛や丹の椀とれば芹にほふ　及川貞《てい》

雛市の残り土雛掌にぬくし　野澤節子

灯点せば口つぐみたるひゝなかな　西村和子

雛飾るくるぶしわれのおもひびと　髙柳克弘

雛愛しわが黒髪をきりて植ゑ　杉田久女

雛出すために男の爪を切る　森岡正作

桃の日の鏡に映り泣きやむ子　鶴岡加苗《かなえ》

明るくてまだ冷たくて流し雛　森澄雄

さからふを知らざる雛を納めけり　大木あまり

雛あられ入れたる柩《ひつぎ》かと思ふ　岸本尚毅

潮引く力を闇に雛祭　正木ゆう子

まず目鼻塞ぎ雛を納めたり　宇多喜代子

これはこれは貝雛の中混み合へる　大石悦子

老妻の飾りし雛を見てやりぬ　富安風生

雛壇を旅立つ雛もなくしづか　高山れおな

雛飾る雛しまひたくなりながら　阪西敦子

雛描き貧画学生何を食ふ　殿村菟絲子《とのむらとしこ》

雛壇にあるまじくして馬の影　澤《さわ》好摩《こうま》

仰向けに雛と流るる虚空かな　齋藤慎爾

草の戸も住み替はる代ぞ雛の家　芭蕉

駅からの帰り道、洋菓子店に貼られた「ひなまつりケーキ　名前入れます」の広告。そういえば花屋にも、あふれんばかりに桃の花が売られていた。三月三日が近づいてくる街の、どこかあたたかく優しい雰囲気に誘われて、あの曲をふと口ずさむ。

あかりをつけましょ　ぼんぼりに
お花をあげましょ　桃の花
五人ばやしの　笛太鼓
今日はたのしい　ひな祭り

童謡「うれしいひなまつり」だ。サトウハチロー作の歌詞は、女の子の健やかな成長を願う雛祭という行事を、楽しい、嬉しいと、明るく寿いでいる。しかし、実際に口ずさんでみると、楽しさが湧きあがってくるような曲調ではない。短調で暗いメロディだからか、むしろ、しみじみと淡いかなしみが立ち込めてくる。

雛祭の由来は、古代中国の祓の行事だといわれている。三世紀ごろの中国では、季節の変わり目には災厄をもたらす邪気が入り込みやすいとして、三月最初の巳の日（上巳）に水辺で禊を行っていた。その風習を遣唐使が日本に伝え、もともと日本にあった禊の神事と結びつき、平安時代には宮中行事として、身の穢れを移した形代を川や海へ流す習慣が出来上がった。これが現在の流し雛の原型だ。

明るくてまだ冷たくて流し雛　森　澄雄

「明るい」「冷たい」と形容詞を二つ並べて、日ざしはすでに春だが、まだ水や風はひんやりとしている、上巳《じょうし》のころの微妙な川原の空気感を言いとめている。と同時に、明るさが厄を払った私たちの心の晴れを、冷たさが厄を背負った雛のかなしい運命を、それぞれ象徴しているようでもある。私の代わりに、水にもまれ、光にもまれ、遠ざかってゆく流し雛。きらきらとさびしい一句だ。

この形代とは別に、平安貴族の幼女たちの間で、ひいな遊びなるものが流行っていた。人形を使ったおままごとである。そのひいな遊びの人形がのちに形代と結びつき、男女一対の雛人形が生まれた。さらに、雛人形の文化が女の子の節句として世に広まったのは江戸時代だ。家に女の子が生まれると、新しい雛人形を用意し、災厄の訪れない幸せな人生を願った。

初雛や丹の椀とれば芹にほふ　及川　貞

初雛とは、女の子が生まれてはじめて迎える桃の節句、いわゆる初節句に飾る雛人形のこと。美しい丹の椀は、いかにも祝いの膳の風情だ。桃の節句に定番のはまぐりの澄まし汁に、芹を散らしてあるのだろうか。海山の春の味覚を取り合わせた贅が、あふれる喜びを伝える一句である。

つまり雛人形とは、私の代わりに一生分の災厄を引き受けてくれる、身代わりであったのだ。「うれしいひなまつり」の歌の淡くかなしい曲調は、形代である雛の、根源的なかなしみに通じている。そして、女というのは、自分の意思に拘わらず、物心ついたときにはすでに、お雛様という〈もう一人の私〉を与えられているのである。

雛愛しわが黒髪をきりて植ゑ　杉田久女

かつて雛人形の髪は人毛だった。とはいえ、自らの髪を切って植えた雛とは……尋常ではない気配が漂う。「髪は女の命」という文句があるように、日本女性にとって美しい黒髪は、魂そのものだった。おのれの髪を分け与えた雛人形には、よほど情念がこもっているだろう。わが黒髪を植えた雛は、ますます私そのものであり、その雛を愛しいと思うことは、自己愛の強烈な発露にほかならない。

雛壇を旅立つ雛もなくしづか　高山れおな

女雛はもちろん、男雛も大臣も三人官女も五人囃子も、賑やかに集っているようでありながら、みな静かに定位置に座っている。時間の流れから取り残された、雛壇の無音の世界。そこへ日ざしが差しかかるとき、まるで忘れ去られた都のように、亡びの光が満ちてゆく。雛が旅立つという奇想を提示したあとすぐさま「なく」と打ち消すことで、雛の引き受けた運命を色濃く描き直した。この雛壇の雛たちからは、敗戦を確信した壇ノ浦の平家の一族のような、覚悟の静けさを感じる。

まず目鼻塞ぎ雛を納めたり　宇多喜代子

さからふを知らざる雛を納めけり　大木あまり

季節が来て雛を出したり仕舞ったりすることも、それぞれ「雛飾る」「雛納め」といって春の季語になっている。掲句は雛納めを詠んだ二句だ。喜代子の句、薄紙で包んで箱へ納めるのは、虫や黴などから雛人形を守るためなのだから、本来は雛のためになるはずのことだ。しかし、「まず目鼻塞ぎ」といわれると、雛がまるで生きている人間同様に思え、目鼻を塞いで箱の中へ閉じ込める雛納めの作業が、非常に暴力的で残酷な行為に見えてくる。雛は来年までずっと、見えず聞こえず、小さく暗いひと箱分の闇の中で、静かに呼吸を続けるのだ。そして私たちは、来年までそれを忘れる。

あまりの句、また箱の中に逆戻りなんて、私なら絶対に嫌だ。でも雛は、逆らうということを知らないから、私は簡単に雛を仕舞うことができる。逆らわないのではなく「さからふを知らざる」だから、雛は逆らう自由があることを知らないのだ。

大木あまりという俳人は、句業を通した主題のひとつとして、雛の不自由性を詠み続けてきた。

白髪を許されずをる雛かな　大木あまり
見つめあふことかなはざる雛かな　〃
ふりむくをしらざる雛の面かな　〃

一句目、白髪になるとは老いることだから、できればいつまでも黒髪のままで若々しくいたい、雛の黒髪はいつまでも美しくて羨ましい、そのように思うのが人の常だろう。しかし、本当にそうなのか、とこの句は問いかける。「許されず」の一語によって、まるで流罪のごとく、若いまま雛壇に座し続けなければならない雛のかなしみが立ち上がる。もし生きるのが辛く苦しいことだとしたら、老いは、死は、許しなのかもしれない。また女という性は、男に比べて若さに価値を置かれやすいが、ひとたび老いれば、性別に由来する闘争から自由になれるともいえる。白髪になることは、女という性から解放されることでもあるのだ。それを許されない雛の口紅の、ぽつんと置かれた赤が切ない。

二句目、男女一対の内裏雛は夫婦であるのに、互いに見つめ合うことは叶わない。もちろん、くちづけることも、抱き合うことも。そのかなしさ切なさを、さらりと掬い上げた。

三句目、「ふりむくをしらざる」にはふた通りのニュアンスがある。ひとつは、雛は人形だから、振り返ることができないという単純な理屈。もうひとつは、雛の表情には、過去を振り返り懐かしむという人間的な情が読み取れない、という踏み込んだ解釈。「雛かな」ではなく「雛の面かな」と、あえて表情を見つめさせようとしているつくりは、後者の読みもまた許容する。

雛よりもさびしき顔と言はれけり　大木あまり

「ふりむくをしらざる雛の面」よりもさびしそうな顔とは、よっぽどである。指摘されるまで、自分の心に巣食うさびしさの存在に気付かなかった作者の、驚いた表情までがさびしい。

雛という〈もう一人の私〉は、災厄を引き受けるというかなしい運命を背負っておきながら、そこから逃れる術を知らないで、ただ、従順に微笑んでいる。だが、それは雛人形のみの持つかなしみではない。女として生まれ、社会や家庭のしがらみの中で、目鼻を塞がれるように箱に押し込められ、それに逆らうことを知らなかった女たちの人生を、この雛たちは暗喩的に代表しているのだ。あまりは、雛人形の存在を映し鏡として、女としての一生という主題を、描き続けてきたのである。

雛飾るくるぶしわれのおもひびと　髙柳克弘

雛出すために男の爪を切る　森岡正作

老妻の飾りし雛を見てやりぬ　富安風生

ひるがえって、男たちの詠む雛の句の、なんとほのぼのとしていることよ。一句目、雛を飾る恋人を微笑ましく見つめている。くるぶしに目が留まるのは、彼女が雛壇の上へ雛を飾ろうと背伸びをしているからか。二句目、雛を傷つけてはいけないと、爪を切ってから雛を飾るという点、少々セクシャルでもある。「男の爪」という省略の利いた表現が巧みだ。三句目、「見てやりぬ」という偉そうなもの言いで照れを隠しつつ、妻の要請に応えているあたりに、慈愛があふれている。

そういえば『おくのほそ道』冒頭の一句も、雛の句だった。

草の戸も住み替はる代ぞ雛の家　芭蕉

芭蕉庵を人に譲って旅に出る感慨を詠んだ。次に住むのは世捨て人同然の自分と違って、娘をもつ家族らしい。季節になったら雛が飾られたりして、侘しい草の戸も華やかになるだろう。家の住まい方を通して、俳人と世間の人の違いを表現したところが工夫だ。「草」の一字が、雛祭のころの大地に萌え出ずる草木を思わせるのも春らしい。

雛市の残り土雛掌にぬくし　野澤節子

桃の節句が近づくと、雛人形を売る市が立つ。「雛市」といって、これも春の季語だ。雛市で売れ残っている土雛を、見過ごしがたくて掌の上に載せる。「ぬくし」と感じるのは、雛が午後の日ざしに長時間さらされて温かくなっているからか、土という材の素朴さゆえか。求めてくれる人がないという点に、売れ残った土雛と自分との共通性を感じているから、つい捨ておけないのかも。ブルータス、もとい、土雛よお前もか、である。ここにも〈もう一人の私〉としての雛が。

桃の日の鏡に映り泣きやむ子　鶴岡加苗

さっきまで泣いていた子が、鏡に映った自分を見て、はたと泣き止むということは、まあある。ラカンの指摘した、いわゆる鏡像段階だ。幼児というのは、鏡に映った自分を自分だと認識しはじめることで、自我が形成され、自己愛が生まれると考えられている。鏡に見とれるこの子には、すでに自己愛が生まれているのかもしれず、こと桃の節句の日であるなら、いつか自分が女であることを意識する日も来るのだと、暗示しているようでもある。鏡よ鏡、鏡さん、この世で一番美しいのは、だあれ。鏡に映りこみ、私を見つめ返している私もまた、〈もう一人の私〉。

二指立てて雛の歩幅を考える

紗希

水着

みずぎ

水着まだ濡らさずにゐる人の妻　鷹羽狩行

いまや水着水を辞せざる乙女跳ぶ　中村草田男

水着ぬらしてしまへば海こはからず　山口波津女

泳ぐ少女潜れば髪の流れけり　殿村菟絲子

水着きてをんな胸よりたちあがる　津川絵理子

すれちがふ水着少女に樹の匂ひ　加藤楸《しゅう》邨《そん》

紙袋より絢《けん》爛《らん》の水着出す　藤田湘《しょう》子《し》

水着脱ぐ葭《よし》簀《ず》はをとめらに短し　岸　風三樓《ふうさんろう》

たやすくは二十歳の水着選ばれず　辻 美奈子

クロールの夫と水にすれ違ふ　正木ゆう子

火の色の水着を見せる約束も　櫂 未知子

唆《そそのか》されても水着姿になる気なし　鈴木真砂女

水着にてふつと再婚告げらるる　石 寒太

海から誕生光る水着に肉つまり　西東三鬼

無思想の肉が水着をはみ出せる　長谷川 櫂

水着なんだか下着なんだか平和なんだか　加藤静夫

スクール水着踏み戦争が上がり込む　関 悦史

われを視るプールの縁に顎のせて　榮《さかえ》 猿丸《さるまる》

制服の下に水着をもう着てゐる　山下つばさ

泳げても泳げなくても水着着て　稲畑汀子《ていこ》

水着ほど、モノとしての側面と、記号としての側面が分裂している衣服も珍しい。水着は本来、泳ぐために身に付けるモノだが、現在では、特に女性にとって、自分を演出するために選び取る、記号としての役割が肥大化している。水着は、着るものではなく、見せるものなのだ。正確には、水着というより、水着によってあらわになる女の身体を見せているわけである。

泳げても泳げなくても水着着て　稲畑汀子

水着の本質をずばりと言い当てた句だ。そう、泳げなくても、水着を着るのだ。この場合の水着は、泳ぐための水着ではない。水着を着てみせること、波打ち際で戯れることこそが目的なのだ。

火の色の水着を見せる約束も　櫂　未知子

言いさしたままで句を閉じて、未練をちらつかせている。「火の色の水着を見せる約束も」していたのに恋人と別れてしまい、その約束を果たすことはできなくなったのだ。恋人と断じたのは「火の色の水着」だから。燃え上がる情熱を思わせる、火のような真っ赤な色の水着を見せたいと思う相手は、恋人のほかにいない。「火」と「水」という相容れない二物がぶつかる激しさが、この句の主体の内面に渦巻く激しさを象徴している。あるいは、その激しさに、相手が怖気づいてしまったか。その約束は、水着を見せるだけで終わるはずはなかった。さびしい夏となりそうだ。

たやすくは二十歳の水着選ばれず　辻 美奈子

自分をより良く見せるために、どの水着が最適なのか。二十歳はまだまだ自意識が強い年齢だから、「たやすくは」選べず、あれこれと迷っているのだ。さらに、二十歳は成人する年齢。家庭の庇護《ひご》を受けていた少女時代と違い、大人の女性は、自らの肉体をどう扱うかという責任も、自分で負うことになる。露出のある大人っぽい水着にも惹かれつつ、安心できる可愛らしい水着にも心が残る……。さて、彼女はどのような決断を下したのだろうか。そして、その水着を着て、どんな夏を過ごすだろうか。

同じ作者に、次の句もある。

婚の荷の最後に水着詰めてをり　辻 美奈子

嫁ぎ先へ持ってゆく荷物をまとめた折、最後に「そうだ、水着も」と荷に加えた。この水着は、「二十歳の水着」からさらに数年を経て得たものだろう。その水着を着て、これから夫となる人と、海で遊んだこともあっただろうか。水着は新生活に必須のものではないが、なんとなく置いて行きがたくて、余ったスペースにきゅっと押し込んだ。結婚したら、もう水着を着なくていいなんて、さびしいじゃないか。人妻になったって、女は女、なのである。実際に嫁ぎ先で着るかどうかは分からないが、ともあれ今は捨てがたいという気分が、嫁ぐ女の心持ちを代弁している。

水着まだ濡らさずにゐる人の妻　鷹羽狩行

水の中にざぶりと入ってしまわずに、なんとなくためらっている、水着姿の人妻。水着をまだ濡らしていないところに、人妻の恥じらいを見てとった。水着が濡れたからといって、貞淑《ていしゅく》さを失うわけではないが、奔放にふるまうことから距離をとっている印象はある。また「濡れる」という語彙には、男女の色事を表す意味もある。歌舞伎では情事の場面を「濡れ場」と呼び、今では演劇やドラマでも使われる言葉となった。狩行には〈スケートの濡れ刃携へ人妻よ〉という句もあるから、人妻が濡れる／濡れないというモチーフを、暗喩表現として確信犯的に使っているのだろう。いっそ水に浸かってしまったほうが、その体を見られずに済むと思うのだが。結果的に視線にさらされてしまう、人妻の肉体よ。

水着ぬらしてしまへば海こはからず　山口波津女

狩行の句と合わせて楽しみたいのが、彼の師匠・山口誓子の妻である波津女の一句だ。水着を濡らさないで、つまり水に触れないでいるときには海が怖いと感じるが、いったん触れて濡れてしまえば、もはや恐怖の対象ではなくなるという、ひらき直った感慨を述べた。年を重ね経験を積むにつれ、少しずつ怖いものがなくなっていく女のたくましさを、海辺の一風景で例示してみせた。

次の句は、水着を通して、ディープな大人のドラマを描いた。

水着にてふつと再婚告げらるる　石　寒太

水着姿でプールか海に一緒に来るような間柄の女に、「私、再婚するの」と告げられた衝撃が、さらりと詠まれている。たとえば〈ソーダ水ふつと再婚告げらるる〉だとしたら、元夫と喫茶店で向き合い報告している可能性もあるが、まさか離婚した夫と水着で会うことはないだろう。逆に、何の関係もない男と、わざわざ水着姿で会って再婚を告げるというのも不自然だ。

おそらく、何度か逢瀬を重ねていた女と夏の水辺に遊びに来て、パラソルの下でココナッツジュースでも飲んでのんびり過ごしていたら、衝撃の発言をさらりと放たれたというところだろう。自分のほかにも、同時進行で付き合っていた男がいたのだ。でも、自分と彼女は、結婚を前提に付き合うほど真面目な関係だったわけでもなく、またそんな意気込みもなかったから、再婚の知らせを聞いて、立ち直れないほど落ち込んだわけでもない。ああ、今は私の隣で、サングラスをかけて水着姿で横たわっている女が、そのうち人のものになるのだなあ……という、不思議と醒めた感慨を覚えているのではなかろうか。「ふつと」というさりげなさから、そんな涼しい二人の関係が見えてくる。

クロールの夫と水にすれ違ふ　正木ゆう子

夫と二人、通っているプールで黙々と泳いでいる。夫も私も、ただ泳ぐことに専念して、言葉を交わすこともない。クロールは一番速く鋭い泳法だ。そんなクロールの夫を横目に、私はのんびり平泳ぎでもしているのだろうか。夫と私は別々の人間だということに起因する、日常の様々なすれ違いを、水中にすれ違うという断片から想起させるところに、上質なウィットが利いている。また、泳ぎながら「すれ違ふ」場所として、ふつう海や湖は想像しない。プールという人工的な空間で、どこへも行きつかぬ往還運動を繰り返している二人の行為も、ほのかにさびしい。

二十歳、恋、結婚、再婚……これまでに挙げた句はいずれも、水着を通して、女の人生の局面が描かれている。水着は、女の肉体と不可分な存在であるため、自然とその人生に寄り添うのだ。

人生といえば、少女時代の水着もまた、存分に魅力的である。

すれちがふ水着少女に樹の匂ひ　加藤楸邨

ここでちがうのは、夫ではなく水着少女だ。水着姿の少女のことを「水着少女」と大胆に省略し造語的に表現した。樹の匂いがするというのが詩的ではないか。芳しい匂いを抽出することで、溌剌とした少女の青春の肉体が匂い立つし、その手足もまた、梢のようにすらりと灼けて引き締まっているのだろう。

泳ぐ少女潜れば髪の流れけり　殿村菟絲子

水着脱ぐ葭簀はをとめらに短し　岸　風三樓

一句目、まるで水中カメラで撮った映像のようだ。潜った水の中で、束ねなかった少女の髪の毛が、まるで風になびくように流れている。躍動感のある描写だ。二句目、乙女たちは葭簀に隠れて水着を着替えているのだが、葭簀が少々短いために、その足が葭簀の下から覗いている。とはいえ、葭簀は絶妙な丈だ。ちらちらと彼女らの四肢が見えつつも、肝心なところは隠されている。見えそうで見えないのが、楽しく、もどかしい。

少女みな紺の水着を絞りけり　佐藤文香

制服の下に水着をもう着てゐる　山下つばさ

私が郷愁を覚えるのは、この句のような学校での一光景だ。文香の句、紺の水着だから、授業で着用するスクール水着だろう。授業が終わったあと、更衣室で賑やかに声を交しながら、脱いだ水着の水を絞っているのだ。彼女たちは、いま裸だが、その空間は誰にも邪魔されることはない。二度と戻らない、不可侵の少女期が、きらきらと脳裏によみがえる。

つばさの句も懐かしい。午前中の早い時間に水泳の授業があると、着替えるのが面倒なので、水着を着たままその上に制服を着て、学校に行くということがままあった。外から見ればいつも通りの制服の格好だが、水に入らないのに水着に締め付けられている体は、着ている当人には違和感があって、なんとなくそわそわするものだ。

無思想の肉が水着をはみ出せる　長谷川 櫂

海にせよプールにせよ、水着という素材は、潑剌とした精神と肉体を想起させる。健康的だからこそ、やや陰影に乏しく、薄っぺらく感じられることもある。また、人々が豊満な肉体を軽々しく披露する姿が、深く物事を考えず、欲望のままに享楽的に生きているように見えたから、「無思想の肉」という鋭い言葉が零れ落ちたのではなかろうか。もはや人間ではない、肉だ、と。それでも、水着をはみ出す肉体が輝かしいことには、変わりない。

水着なんだか下着なんだか平和なんだか　加藤静夫

下着のような申し訳程度の表面積の水着を着て、キャッキャと戯れる若者たちを眺めやり、やれやれと呟いた言葉がそのまま句になった。下五の「平和なんだか」の飛躍が、アイロニーとしてグサッと刺さる。今の時代、はて、平和なんだか、そうでないんだか。

水着きてをんな胸よりたちあがる　津川絵理子

水着で強調されたボディラインは、時に掲句のような迫力をもって、見るものの視界を独占する。女の胸はセックスシンボル。中七下五の表現によって、水着姿を的確に写生しつつ、女の性的な魅力を描くことにも成功している。さらにはこの迫力が、この女性の意志の強さをも伝えてくれて、堂々たる句である。

唆されても水着姿になる気なし　鈴木真砂女

そうです、別に水着姿にならなくたっていいのです。肌を晒すことだけが女の魅力じゃないのよ。女は胸じゃない、脚じゃない、思想だってあるんだからね……と、真砂女の句にしたたかに頷きながら、婚の荷の最後に詰めて持ってきた、水玉ビキニを捨てられないでいる私。この夏も、水着を着ないまま、過ぎ去ってしまうのだろうか。抽斗から引っぱり出したビキニとにらめっこしていたら、夫が「たまには着たら」と唆してくる。

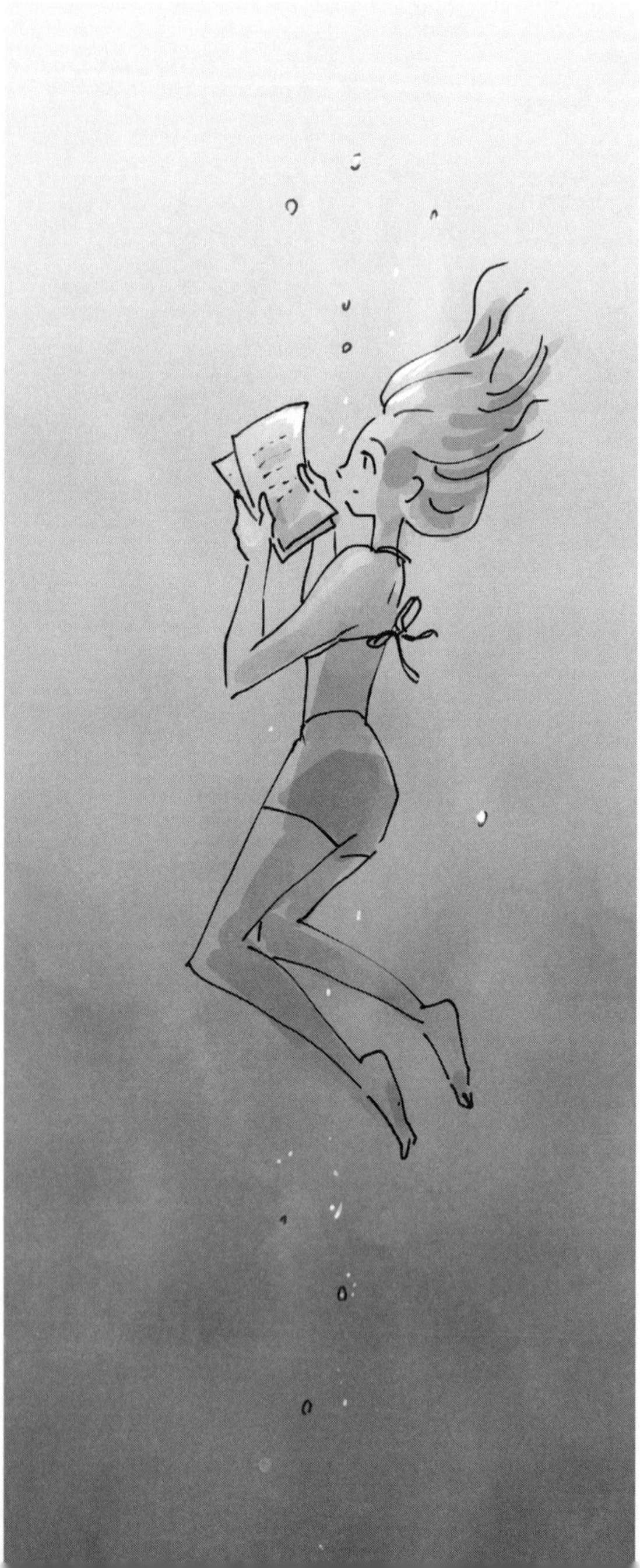

告白やビキニの紐の縦結び

紗希

母

はは

日傘より帽子が好きで二児の母　西村和子

母の日のてのひらの味塩むすび　鷹羽狩行

送り来し温石母のこころざし　玉木愛子

寒さうに母の寝たまふ蒲団かな　正岡子規

蛍火や疾風のごとき母の脈　石田波郷

母の弾くショパンは昏し桜桃忌　江渡華子

運動会授乳の母をはづかしがる　草間時彦

ホ句のわれ慈母たるわれや夏痩ぬ　杉田久女

母の家寒さ寂しさ崖から来る　橋本美代子

狂ひても母乳は白し蜂光る　平畑《ひらはた》静塔《せいとう》

母や碧揚羽を避くるまでに老い　永田耕衣《こうい》

肉とキャベツ抱く母のさち肩に蛍　原　コウ子

お手だまに母奪われて秋つばめ　寺山修司

せりなずなごぎょうはこべら母縮む　坪内稔典

今生の汗が消えゆくお母さん　古賀まり子

曼珠沙華抱くほどとれど母恋し　中村汀女

底紅や黙つてあがる母の家　千葉皓史《こうし》

七五三子よりも母の美しく　吉屋信子

菜の花は眠らぬ花か母へ文　蓬田《よもぎた》紀枝子《きえこ》

焼芋や母にまされる友はなし　ミュラー初子

「海よ、僕らの使ふ文字では、お前の中に母がゐる。そして母よ、仏蘭西人の言葉では、あなたの中に海がある。」とは、三好達治の散文詩「郷愁」の一節だ。確かに海という漢字の中には母があるし、フランス語では「mère（母）」の中に「mer（海）」がある。言語の構造に着目した小粋な発見を通して、母という存在がもつ、海との共通性——海は命の源だとか、全てを包み込んでくれる大きな存在であるといったような印象——を打ち出している。母性に対する憧憬が、海を目の前にしたときの途方もない思いとあいまって、際限なく広がってゆくようだ。

母とは、出産した時点で否応なく成るものであって、子が生まれる瞬間に母も生まれる。母とは、第一義的には生理的・身体的機能によって生み出される属性の一つであり、その点で、母は女である。出産は女にしかできないからだ。

長寿の母うんこのようにわれを産みぬ　金子兜太

兜太のあっけらかんとした母恋の句だ。聖なるものとして扱われがちな出産を、排泄という卑俗な行為になぞらえたことで、かえって母の豪快さを賛美する内容となった。ただの母ではなく「長寿の母」としたことで、その後も動じずに「われ」を育てあげてきた、母のたくましい人生まで立ち上がる。なんとも生命力あふれる母だ。

一方で、母と母性は必ずしも一致しない。母性というのは、子の愛し方の傾向であり、精神的・社会的特性である。母性は男女ともに持つことが可能であり、出産を経なくても母性を培うことはできると考えられている。乳母に子どもを任せたり里子に出したりすることの多かった十八世紀フランスでは、研究によってすでに、人間は産んだ子ではなく、面倒を見た子に愛情を抱くという結果が出ている。母性とは本能ではなく学習行動であり、その点では、母とは時代や環境に影響されて、後天的に成ってゆくものでもあるのだ。そういえば、サスペンスドラマなどでも、複雑な生い立ちで実母と育ての母がいた場合、たいてい、子どもは育ての母を選ぶという結末が待っている。視聴者もまた、産んだだけの生理的な母よりも、長い時間愛情をかけて育ててきた社会的な母を選んで欲しい、つまり母性という愛情の価値を、血のつながりよりも高位として評価しているのだと分かる。

心理学者の河合隼雄は、父性と母性について、父性とは善悪を区別して指導する傾向、母性とは善悪の分け隔てなくすべてを包み込む傾向であると定義している。たとえば、嘘をついた子どもを母が叱り、父が「まあまあ」と仲裁に入るとき、母は父性を、父は母性を発揮しているのだという。つまり、母性というのは、無条件に肯定してくれる加護の力だと言い換えてもいい。「私、母性本能が強いから、わがままな彼氏のことも、かわいく思えてついつい許しちゃうのよね」なんていうときの母性も、この類である。

詩や文学を通して憧憬とともに母を語るとき、私たちはつまり、母の中に母性を見ているのだ。

母の日のてのひらの味塩むすび　　鷹羽狩行

送り来し温石母のこころざし　　玉木愛子

狩行の句、シンプルな塩むすびの味は、握ってくれた人のてのひらの味であり、それはすなわち母の愛の味である。「母のてのひらの味」ではなく「母の日のてのひらの味」であるところにワンクッションが置かれ、その巧みさによって陳腐化をまぬがれている。日々料理を作ってくれた母に対する感謝の思いが、あたたかく伝わる。

愛子の句、温石というアイテムの持つ懐かしさが、郷愁をかりたて、母の体温を思い出させる。無事に冬を過ごしてほしいと願ってくれる母の愛に、まずは体よりも心が温まる。母の愛といえばやはり陳腐に陥ってしまうところを「母のこころざし」というあらたまった言葉を用いて特別な感じを出した。じんわりと深い感謝が滲んでくる。

このように母と母性が一致している幸福なケースでは、母と母性の区別を考えなくても済むが、母性の育たない母や、母以外の持つ母性を考える場合には、こうした母＝母性の幻想は、おりおり問題を見えにくくする。産めばみな自然と母性が湧いてくるはずだという母性神話によって、孤独に追い詰められてゆく母たちもいるのだ。

ホ句のわれ慈母たるわれや夏痩ぬ　　杉田久女

俳句を作る私と、慈母である私。その両立に真面目に取り組み悩んだ結果の夏瘦せだろうか。母だって母である前に人間であるという当たり前の前提が、もっと共有されていれば、久女も「夏瘦ぬ」などと詠まなくて済んだかもしれない。しかし、「ホ句のわれ」と「慈母たるわれ」が相容れないというのはなかなか面白い現状認識だ。俳句は客観、慈母は主観が主だとしたら、その二者の生き方はやはり、どこまでも相容れないだろう。

狂ひても母乳は白し蜂光る　平畑静塔

精神科医だった静塔の自註によると、昭和二十四年ごろの作で、お産の直後に精神を病んで入院した、若いお母さんを詠んだ句だという。精神を病んでもなお身体的に母であることの証明として、正常な白い母乳が出る。母乳は白く、蜂は光っているというリアリティは、この世界の残酷さを露呈させている。少し希望のある読みをすれば、白は純粋無垢な色なので、そこに母の備える聖性を見ることもできる。「白」「光る」によって、窓から差し込む光に紛れて見えなくなりそうな女性の輪郭が、残像のように儚く浮かび上がる。

後輩医師による静塔の伝記によると、病院にこの句の碑を建てたところ、患者が「私たちを動物視するのか」と色をなして怒ったそうだが、実際この句には、精神的な母性はともかくとして母乳の出る肉体的な母ではあるという、人間の動物的な側面を提示した非情さがあることは間違いないだろう。そこがこの句の圧倒的なリアリティであり、人の心を揺さぶる核心なのである。
静塔の句ほどでないにしても、俳句に詠まれた母はしばしば、複雑な表情を見せる。

寒さうに母の寝たまふ蒲団かな　正岡子規

蒲団は冬をあたたかく過ごすために必須のアイテムだが、蒲団を被ってもなお、寒くこごえる夜もある。また、蒲団もピンキリ。この蒲団はせんべい蒲団の感じだ。年を重ねた母が蒲団で身を小さくして眠っている姿を見ると、さらに「寒さう」に見えるだろう。長年ともに過ごしてきた母へのいたわりの思いが表れている。

母の家寒さ寂しさ崖から来る　橋本美代子
母の弾くショパンは昏し桜桃忌　江渡華子

一句目、さえぎるもののない北風が、崖から母の家を襲う。美代子の母は橋本多佳子。若くして夫を失い〈夫恋へば吾に死ねよと青葉木菟〉〈罌粟ひらく髪の先まで寂しきとき〉などと詠んだ多佳子の句は、ぬくもりや幸せよりも「寒さ寂しさ」を見つめているものが多い。はっきりと夫や寂しさを詠んでいなくとも、〈いなびかり北よりすれば北を見る〉〈乳母車夏の怒濤によこむきに〉といった代表句もまた、どこか厳しい面構えをしている。そもそも、崖のそばに建つ家というのが、寂しくまた格好良いではないか。孤高を貫いたがゆえの「寒さ寂しさ」であることを、娘はよく知っていたのだ。

二句目、ピアノの詩人と呼ばれるショパンの繊細なしらべを、自分の指でなぞる母は、今なにを考えているのだろう。母のピアノの音色はどこか昏く感じられて、娘の自分には計り知ることの出来ない母の憂いに、しばし思いを寄せる。桜桃忌は、妻や愛人を振りまわしてきたが、それだけ女に愛されてもきた作家・太宰治の忌日だ。ショパンも太宰も、恋の匂いのする芸術家である。作者が太宰の故郷・青森の出身なのも、自然と「桜桃忌」を選ばせただろう。ピアノを弾ける母はかつて良家の子女であったろうと思われ、太宰の名作『斜陽』の世界を想起しもする。私が生まれるまでの母を、私は知らないのだ。

人生において、母はいつも、私に先んじている。そして、母は私よりも先に老い、先に逝ってしまうのが常だ。とどめようのない現実に、私たちはとまどい、嘆き、悲しみ、寂しさを抱き、それを俳句に詠む。

母や碧揚羽を避くるまでに老い　永田耕衣
朝顔や百たび訪はば母死なむ　〃
母死ねば今着給へる冬着欲し　〃
母の死や枝の先まで梅の花　〃

碧揚羽は何の残像か。朝顔の咲きつぐ母の家に吹く秋風の冷たさは。母の冬着にしみついた母の匂い。枝の先までびっしりと咲いた梅の花はもうこれ以上咲けない、母への思慕もこれ以上行き場がない、その切なさ。母を失う覚悟を美しく厳しく詠み上げた耕衣のこれらの句は、斎藤茂吉の名吟「死にたまふ母」に劣らない。

蛍火や疾風のごとき母の脈　**石田波郷**

疾風のように早く打つ母の鼓動は、不安な思いを駆り立てる。蛍火は儚い恋や命の象徴。今、むき出しの母の命が燃焼している。

今生の汗が消えゆくお母さん　**古賀まり子**

客観的な「母」ではなく、血の通った「お母さん」という呼称に、最後の最後に心の底から母へと呼びかける切実な声が宿った。

曼珠沙華抱くほどとれど母恋し　**中村汀女**

いくら曼珠沙華を摘んでも母への恋しさは消えないと、その慕情を隠さず述べた。曼珠沙華は彼岸花だから、きっと、死がもたらす母の喪失を思っているのだ。愛と死、この二大テーマと大きく関わるモチーフだからこそ、母という素材が俳句において、古今東西、変わらず詠み継がれてきたのだろう。

日傘より帽子が好きで二児の母　西村和子

健康的な母像である。二人の子と手をつなぐためには、右手も左手も空けておかなくてはならない。日傘を差すと片手がふさがってしまうから、日よけには帽子を選ぶのだ。ファッションアイテムを通して、子を最優先に考える母性を潑剌と詠みあげた。

お手だまに母奪われて秋つばめ　寺山修司
焼芋や母にまされる友はなし　ミュラー初子

母は自分にかまってくれずお手玉をしている。その寂しさを、もうすぐ去る秋燕の寂しさで引き出した。「奪われて」の語は母を所有していると思うからこそのもの。男にとっての母が恋人に近いとすれば、女にとっての母はまさに友人だ。女に生まれた困難も喜びも共有できるからこそ、友情に似た感覚が生まれるのだろう。焼芋をほっこり割って、分け合いながら母と語るとき、二人の間には不思議な連帯が結ばれている。

落葉踏むことなら教え上手の母

紗希

正月《しょうがつ》

女の手年の始の火を使ふ　野澤節子

春着乙女が礼して過ぎぬ誰なりし　草間時彦

女てふさびしさに松立てにけり　渡辺桂子

初鏡娘のあとに妻坐る　日野草城

空容れて旅の乙女の初鏡　大串　章

春著着て手にするものに飽きやすく　阪西敦子

初風や窓辺に祖母の耳澄みて　小川楓子

焼跡に遺る三和土や手毬つく　中村草田男

歌留多読む恋はをみなのいのちにて　野見山朱鳥
切手売る初髪の紅一点嬢　秋元不死男
羽子板の重きが嬉し突かで立つ　長谷川かな女
春駒や男顔なる女の子　太《たい》祇《ぎ》
鳥追のひるがへりゆく渚かな　大石悦子
白朮《おけら》詣《まいり》のだらりの帯とすれ違ふ　清水基吉
弾初の姉のかげなる妹かな　高浜虚子
宝恵《ほえ》駕《かご》の髷がつくりと下り立ちぬ　後藤夜半
縫初の糸ながながと余しけり　片山由美子
賀状一片吾子よ確かに嫁ぎけり　細谷鳩舎《きゅうしゃ》
女正月眉間に鳥の影落つる　飯島晴子
水餅の水いきいきと主婦の日々　柴田白葉女

「おひかりをあげるよ」といって、父がお飾りをたずさえ、居間に入ってくる。おひかりとは光、すなわち蠟燭のこと。大晦日になると、仏壇や神棚に蠟燭を据えて、家の各所に注連飾りや鏡餅をお供えするのだが、そのお飾りの準備は、毎年、父の役割なのだ。さっきまでごろごろとテレビを見ていた父も、少しキリッとした表情で、お飾りをしつらえ、柏手を打つ。かつて、正月の家族行事をつとめるのは家長の男性の役割で、彼らは年男と呼ばれたが、神野家にも、まだぼんやりとその風習が残っているようだ。三宝に裏白を載せ、餅とみかんを重ねてゆく父のそばで、母と祖母は、お節料理のために、里芋を煮しめたり巻き寿司を作ったりしている。

女の手年の始の火を使ふ　野澤節子

女が火を使うと表現するのではなく、「女の手」と焦点を絞ったことで、まだほの暗いうちから起きて元旦の作業を始める女の、手元ばかりが火で照らされてひらひらとよく見える様子が、映像的に立ち上がってくる。「年の始の火」と「の」でつなげたスムーズな流れは、女の慣れた手つきを思わせもする。これから、元旦の膳の、雑煮の準備などをするのだろう。火を使うという行為の神聖さが、正月のあらたまった気分を高める。火を操る女は、ある種の全能性をもった存在であるかのようだ。

正月は、男女の別を実感する機会のひとつである。伝統的な行事の中で、これは男の仕事、これは女の仕事と決まっているものが多いのだ。実家の餅搗きでも、搗き手と火の番は男の仕事、捏ね手と餅を丸めるのは女の仕事である。幼いころは千切った餅を丸める手伝いから始め、捏ね手を初体験したのは高校生のとき。捏ね手とは、搗き手のそばに控え、餅米が均等に搗かれるように、おりおり餅を返す役だ。搗き手が杵を振り上げている間に、臼に手を入れてサッと作業をするので、杵で手を搗かれるのではないかとはらはらしたが、搗き手の父が上手にリードしてくれた。私がもたもたしていると、次の一打を搗こうとした杵を、寸止めして待ってくれるのだ。搗き手の男は、力に任せて杵を振るえばよいというものではない。時には、振り下ろした杵をとどめる力も必要なのである。

新年の歳時記をめくってみても、ほかの季節の季語に比べて、男女の別に言及した解説が多いのに気がつく。

初鏡娘のあとに妻坐る　日野草城
空容れて旅の乙女の初鏡　大串　章
切手売る初髪の紅一点嬢　秋元不死男

たとえば「初鏡」や「初髪」は女性を想起させる季語だ。初鏡とは、正月初めて鏡に向かって化粧をすること。初髪とは、新年に初めて結い上げた髪のこと。草城の句、一つの鏡を妻と娘が共有している。娘に先を譲り、後から支度を始める妻の態度に、母の慈愛を見た。化粧して美しくなってゆく女たちに、家の中も自然と華やぐ。章の句、「旅の乙女」とは、なんとも溌剌と活動的だ。初旅にして初鏡、目覚めた宿の部屋で身支度をする鏡の上部に、窓の外の初空が映りこむ。「空」を詠みこむことで、初鏡という室内の風景ながら、広々とした一句となった。鏡の丈の長さも見えてくる。このの ちの旅の行程もよく晴れ、新しい一年も良い年となりそうな、明るい予感にあふれた句だ。

不死男の句は初売りの場面だ。「紅一点」とは、男性の中に女性が一人混じることの華やかさをいう言葉。切手を売る男たちの中に、美しく初髪を結った正装の若い女性も、売り子として混じっているのだ。「紅」の一語が、正月のめでたさを引き出す。

春着乙女が礼して過ぎぬ誰なりし　草間時彦

春著着て手にするものに飽きやすく　阪西敦子

正月用に用意した晴れ着を、春着という。正装をするのは男性も同じだが、春着と聞けば、やはり色とりどりの華やかな女性の着物のイメージが強い。かつて女たちは、春着を身にまとって、初詣に出かけ、歌留多や羽子つきに興じたのだ。

時彦の句、春着に身を包んだ可憐な乙女が、自分をみとめてお辞儀をし、過ぎ去っていった。とても感じがよかったのだが、誰だったか思い出せない。春着で美しく装っていたので、その子の普段の印象とあまりに違っていて、気付かなかったのかもしれない。

敦子の句、「手にするものに飽きやすく」というフレーズは、春着をまとってそわそわしている心地がよく伝わるし、女性の気移りのしやすさには贅沢感が満ちていて、正月の豪奢な気分を引き立てている。

新年には、子どもたちの多種多様な遊びも季語になっているが、凧揚げや独楽廻しが男子の遊びだったのに対して、羽子つきや手毬は女子の遊びとして伝えられてきた。

羽子板の重きが嬉し突かで立つ　長谷川かな女

やり羽子や油のやうな京言葉　高浜虚子

一句目、かな女の初期の代表句。重いのだから、立派な羽子板なのだ。上等な羽子板をもらって嬉しくて、すぐには羽子を突いて遊ばず、ただ抱きしめて立っている。その女の子の心に喜びは湧きやまず、笑みと含羞の入り混じった複雑な表情まで見える。「重き・が・嬉し・突か・で・立つ」と、単語を細かくつないだ言葉のリズムも独特だ。虚子は「ホトトギス」の台所雑詠欄において、かな女のこの句を「女でなければ感じ得ない情緒の句」と推奨したが、虚子のやり羽子の句もまた有名である。耳でとらえた京言葉を、油というモノの質感で表した。京言葉が油っぽいというよりは、京都の女といわれて思い浮かぶ性質――穏やかに見えて心の底に火を隠し持っているような、どこか粘っこくまとわるような情念――を表現したというほうが正確だろう。たわいのない遊びの場面に女の性を見ているのも、どきりとする視点だ。ちなみに、正岡子規は虚子より先に〈遣羽子に京の男のやさしさよ〉という句を残している。男のやさしさを詠んだ子規と、女の粘っこさを詠んだ虚子、まさに好対照の二句。

焼跡に遺る三和土や手毬つく　中村草田男
歌留多読む恋はをみなのいのちにて　野見山朱鳥

草田男の句も、彼の代表句だ。新年の季語「手毬」を用い、敗戦直後の風景を、感情をあえて排して淡々と描写したことで、かえって敗戦の悲しみが濃く滲む。平らで手毬が突きやすいから少女は三和土を選んだのだろうが、三和土は土間、女性が煮炊きする場所でもあった。女性の領域である三和土で手毬を突くこの少女も、いつか復興した町で成長して年頃の娘となり、三和土で家事をするようになるのだろうか。めでたさが本意の新年詠の中では異色の、時代を反映した句である。

朱鳥の句、「恋はをみなのいのちにて」といわれると、それは昔の価値観よ、恋なんてしなくても生きていけるのよ、と反発したくならないでもないが、上五が「歌留多読む」なのだから、昔の価値観で結構なのだ。百人一首の女性歌人の、数々の恋歌と呼応して、下のフレーズが成り立っている。たとえば思い浮かぶのは〈玉の緒よ絶えなば絶えねながらへば忍ぶることの弱りもぞする　式子内親王〉あたりだろうか。かつての恋歌には命と直結した恋の本気の迫力がみなぎっていた。この句は、下五を「にて」と言いさして止めることで、またもう一度、上五の「歌留多読む」に戻ってゆく円環構造となっていて、そのことによって、次の歌また次の歌と、何百年も読み上げられてきた時間の永遠性が閉じ込められている。

鳥追のひるがへりゆく渚かな　大石悦子
白朮詣のだらりの帯とすれ違ふ　清水基吉
宝恵駕の髷がつくりと下り立ちぬ　後藤夜半

今はあまり見かけなくなった特殊な行事の季語にも、女たちの姿は息づいている。一句目、鳥追とは、編笠をかぶった女が三味線を弾き歌い、祝儀を請うて歩いた、新年の門付けの一種。町中に繰り出した鳥追が渚へ出て、着物の袂や裾を風にひるがえしゆく様は、風狂で忘れがたい光景だ。二句目の白朮詣は、年明けすぐの京都の八坂神社の白朮祭に詣でること。「だらりの帯」は舞妓さんの象徴、華やかな元日の京都を鮮やかに切り取った。三句目の宝恵駕は、商売繁盛で有名な大阪の今宮戎神社の十日戎に、南地の芸妓が駕籠に乗って参詣すること。今でもミナミ地域の大イベントで、一月十日には春着の芸妓や福娘たちのあでやかな行列が見られる。「髷がつくりと」は描写がゆきとどいた表現。うなじの白さがあらわになり、艶っぽい。

初風や窓辺に祖母の耳澄みて　小川楓子
賀状一片吾子よ確かに嫁ぎけり　細谷鳩舎

楓子の句、近頃めっきり耳の遠くなった祖母は、元日の窓辺で、風の中に何を聞いているのだろう。鳩舎の句、昨年までは一緒に正月を迎えていた娘も今年はおらず、嫁ぎ先から年賀状が届いた。一片の賀状の軽さでは、かけがえのない娘の代わりにはならない。正月というのは、年に一度の家族の時間。だからこそ、家族の変化をまのあたりにするのだ。

縫初のながながと余しけり　片山由美子

家事もかつては女の仕事だったから、縫初や機始、俎始などの季語によって、働く女性の姿がうつしとられてきた。由美子の句、ながながと余った糸から、ほんのちょっとした繕いものだということが分かる。日常の裁縫とは違う、縫初らしさがある。こうして女たちは年末年始もあれこれ家のことで立ち回り働かなければならない。そのために、一月十五日ころの小正月を女正月とも呼び、その時期になるとようやく、ゆっくり集まったり年始回りに出かけたりした。

女正月眉間に鳥の影落つる　飯島晴子

眉間にさした鳥影にはっとした気分が、正月のあいだ保っていた緊張感をほどく女正月のゆるみを、対比的に描き出している。鳥は自由の象徴か。

水餅のいきいきと主婦の日々　柴田白葉女

水餅は冬の季語。年の暮に搗いた餅を水につけ、黴やひび割れを防ぐ保存方法だ。正月もいつかは過ぎ、日常の時間が戻ってくる。「いきいきと」は水餅だけでなく「主婦の日々」にもかかる。ハレの正月もいいが、ケの日常もまた張りがあって良いものだ……そんな逆転の発想が、主婦のたくましさ強さをいきいきと描き出している。

正月も良いが、正月が過ぎてもまた良い。正月の句に詠まれた女たちの姿を見ていると、俳句は肯定の文学だと、つくづく思う。

手毬つく指輪の重さ知らぬ指

紗希

名前

なまえ

かさねとは八重撫子の名なるべし　曾《そ》良《ら》

七月の塀の落書「アキコノバカ」　髙柳重信

飛騨の生れ名はとうといふほととぎす　高浜虚子

父がつけしわが名立子や月を仰ぐ　星野立《たつ》子《こ》

土濡れて久女の庭に芽ぐむもの　杉田久女

戒名は真砂女でよろし紫木蓮　鈴木真砂女

悠といふわが名欅の芽吹くかな　正木ゆう子

秋の暮ベッドにわが名豊子貼り　木田千女

はぎといふ女に生れ星祭　沢田はぎ女

呼んでいただく我名は澄子水に雲　池田澄子

わが名さゆみ朧々となべぶたを持つ　鎌倉佐《さ》弓《ゆみ》

薫子は茜子待たせ吸入す　谷口智行

バラの名は娘の名ベツテよ狂ひ咲き　スコット沼蘋女《しょうひんじょ》

砂漠に立つ正真正銘津田清子　津田清子

目のなかに芒原あり森賀まり　田中裕明

菊日和クラスにふたりゐる陽子　岡田由季

静と書き母の名なりし時雨けり　岸　風三樓

名は朝子花こぶし見る眉すずし　原　裕《ゆたか》

小瑠璃飛ぶ選ばなかつた人生に　野口る理

平凡な名前がよけれ女の子　筑紫磐井

籠《こ》もよ　み籠持ち　ふくしもよ　みぶくし持ち
この丘に　菜摘ます児《こ》　家聞かな　名告《なの》らさね
そらみつ　やまとの国は　おしなべて　吾こそをれ
しきなべて　吾こそませ　吾こそは　告らめ　家をも名をも　　雄略天皇

良い籠とヘラを提げてこの丘で菜を摘むお嬢さん、家はどこですか、お名前を教えてくださ い、この大和の国は私が支配しているのです……。『万葉集』の巻頭に置かれた、雄略天皇の長歌である。自らがこの国の支配者だと名乗り、たまたま野原で出会った娘を口説いているのだ。早い話がナンパであるが、籠やヘラなど、まずは彼女の持ち物を褒めるという手法が、すでに奈良時代から活用されていたとは。千年経っても、人間はそう変わらないものである。

当時、女性は男性に対して自分の名前を隠す習俗があり、名前を告げることは、そのまま自分の生命を相手に捧げることを意味していた。言霊信仰、名前には魂がこもっていると考えられていたのだ。だから、男性が女性へ、「名告らさね」つまり名前を教えてください、と求めるのは、単に名前が知りたいのではなく、求愛の行為なのだった。聞かれた女性が受けて名乗れば、あなたの愛を受け入れますという意思表示になる。当時の女性は、男の愛に応えて名乗るとき、どんな気持ちだっただろう。その声は、喜びに弾んでいただろうか。それとも震えていただろうか。

現代では、名乗ることにそこまで重要な意味は与えられていないが、「名は体を表す」という言葉があるように、名前がその人の性質や実態を表すということは往々にしてある。

七月の塀の落書「アキコノバカ」　髙柳重信
木の葉髪女給よし子と名乗りけり　〃

重信の初期句集『前略十年』に収められた二句だ。それぞれ「アキコ」「よし子」と、女の名前が詠み込まれている。

一句目、七月の塀に書きなぐられた落書き。アキコって誰だよ、と突っ込みながら、通り過ぎればすぐに忘れてしまう真夏の一場面を、一句に焼き付けて、記憶に刻んだ。塀に書きなぐられた、自分とは決して交わることのない暴力的な怒りの痕跡を傍観している気分は、真夏の暑さにただただぼんやりと立ち尽くすときの気分と、通い合うものがある。

カタカナのぶっきらぼうな印象が、「バカ」と書いた誰かの心のすさみを増幅させている。「アキコ」は「明子」だろうか、その名の響きからは、あっけらかんと明るい女性が想像される。その明るさが時に誰かを傷つけ、「バカ」と書かせてしまうこともあるのかも、と考えるのは、やや先入観が勝ち過ぎだろうか。しかし少なくとも、この句の季語として配置された七月は、名前の「アキコ」の響きに引き寄せられる「明」の一字と強く照らし合っていて、夏の強い日差しが見えてくる。

「アキコ」はこの句の中で、よくある平凡な名前の代表としても機能している。どこかの誰かに「アキコ」というどこにでもある名前を書かせることで、塀の落書きという現象の、名前が書かれていながらどこの誰のことか分からないという、逆説的な無名性を浮き彫りにしているのだ。

二句目、当時の女給は、今でいうホステスのようなもの。「木の葉髪」という季語から、髪の痩せた女給のつとめる喫茶のうらぶれた雰囲気がうかがえ、また、そばに座って「よし子です」と名乗る女の、これまで重ねてきた苦労の日々もしのばれる。「よし子」は「良子」「佳子」だろうか、優しくて、いい人という印象を抱かせる。お人よしだったがゆえに、しなくてもいい苦労まで背負い込んだのではないか。

試みに二句の名前を取り換えてみても、〈七月の塀の落書「ヨシコノバカ」〉ではいまいち決まらないし、〈木の葉髪女給あき子と名乗りけり〉では、「よし子」ほど切ない感じが出ない。「アキコ」「よし子」といった女の名前から想起される印象が、句に活かされているのだ。

父がつけしわが名立子や月を仰ぐ　星野立子

「立子」という名前に父がこめた思いに心を寄せながら、涼しく上がる月を仰いでいる。

「立子」という名前の「立」の字や、「仰ぐ」という積極的な印象の動詞から、月の下ですっくと立っている女の姿が見えてくる。仰ぎ見るその視線は、かつて父を仰ぎ見たそれと重なるか。

立子の父は高浜虚子。立子が「父が」と詠むとき、その父は匿名の父ではないというところに、この句の特異性がある。この句を十七音のテキストのみの情報で読む人は、おそらくかなり少数派だろう。虚子から立子への俳壇史の流れを意識するとき、この句は、虚子の育んだ「ホトトギス」の命脈を、立子が受け継ぐ意志を示した、宣誓のようにも読める。「仰ぐ」という一語の謙虚さに心くすぐられる人もいるだろう。

立子がまぎれもなく虚子の継承者の一人であることを示すエポックメイキングな一句だという点で、私はこの句を、虚子が碧梧桐の新傾向俳句と対決するべく俳壇へ復帰した際に詠んだ〈春風や闘志抱きて丘に立つ〉とあわせて記憶している。虚子が立つのは春の昼間の丘、立子が立つのは秋の夜の月の下と、対照的なのも面白い。当の立子はこの句を詠んだその瞬間、その父はやはり俳人・高浜虚子だと意識していただろうか。それとも、とある娘がとある父を思うのと同じ気持ちで、案外さらりと詠んだのだろうか。

菊日和クラスにふたりゐる陽子　岡田由季

静と書き母の名なりし時雨けり　岸　風三樓

一句目、学校生活のよくあるトリビアを掬い上げた。クラスに陽子がふたりいるという事実は、菊日和に限らず、一年通して変わらないのだが、四月のクラス替えから約半年経っているからこそ、ふたりの陽子の性格の違いも明らかになってきたのだろう。同じ名前を持っていながら、違う人格を備えたふたりを、ふと面白いと思った、そんな秋の一日。「陽子」という、日差しを思わせる明るい名前が、さわやかな菊日和のイメージを優しく広げている。

二句目、「静」の一字を書くたび、母を思い出す。「静」という名前から、物静かな母の佇まいが思われる。時雨もまた、ゆかしい静けさを備えており、母の面影を呼び覚ますか。すっくと立つ芯の強さをもつ「立子」、明るい「陽子」、物静かでしとやかな「静」……生まれ育つ時間の中で、繰り返しその名で呼ばれるうちに、名にふさわしい性質を備えるようになるものなのだろうか。

呼んでいただく我名は澄子水に雲　　池田澄子

悠といふわが名欅の芽吹くかな　　正木ゆう子

澄子という名前が、澄んだ水を呼び、悠という名前が、悠久の時間を過ごす欅を引き寄せる。澄子は、雲を映す水のように澄んだ心を持ち、悠は、何百回目かの春に欅がまた芽吹くように、悠々といきいきと在るのだろう。二句とも「我名」「わが名」と、自分の名前であることを宣誓している。堂々と名乗る姿勢は誇らしげでもあり、わたくしという存在を肯定する力強さに満ちている。その名を持つ自分にのみ許された、ほかの誰にも詠めない句だという揺るぎなさが、そう感じさせるのかもしれない。

秋の暮ベッドにわが名豊子貼り　木田千女

同じ「わが名」でも、こちらはやや自虐的か。入院の病床の風景。豊子という、ゆたかで満ち足りた人生を望まれてつけられた名前を持ちながら、病を得て入院している現況の落差を、諧謔をもって詠みなした。「秋の暮」の季語が、さらに滑稽味を強めている。

こちらはフルネームが詠み込まれた句だ。

砂漠に立つ正真正銘津田清子　津田清子

目のなかに芒原あり森賀まり　田中裕明

一句目、名前の中に含まれる「津」「田」「清」といういずれも水を思わせる語によって、砂漠という土地の乾きと、そこに立つ自らの清新な張りとが、対比的に際立つ句だ。二句目、森賀まりとは、作者の妻の名。彼女の目の中には芒原が広がっている、それだけ広く深い瞳をしていて、見つめれば吸い込まれそうだよ、という相聞句である。芒原に「森」の一語が呼応して、世界がより広々と深々と感じられてくる。「あり」「まり」と韻が踏まれているリズムのよさも、彼女への思いに昂揚する心を伝えてくれる。

名前というのは通常、ある個別の対象を指し示すのみで、意味をもたない。山田さん、と呼びかけるとき、私たちはふだん、山や田んぼを思い出したりはしない。しかし、詩や俳句など象徴性の高い文学においては別だ。日本人の名前は基本的に、漢字という表意文字により記述されるので、「津田清子」の清新なイメージ、「森賀まり」のゆたかなイメージなど、漢字の象徴性が作品に能動的に生かされることがある。

そして、女と名前というテーマでもうひとつ忘れてはならないのは、結婚によって苗字が変わるということである。

バイブルに残る旧姓クリスマス　千原叡子《えいこ》

結婚前から使っていたバイブルに、もう使うことのない旧姓の名前が記してある。懐かしいその名を目にして、まだ何も知らなかったころの私、そして過ぎ去った年月の長さを、ふと思う。

近代日本では長らく、結婚すると女性は男性の姓を名乗ることが一般的だった。だから女にとって、苗字はいつか変わる可能性のある暫定的なもので、ファーストネームだけが、一生付き合ってゆく私だけのものだった。それゆえか、女性俳人には、自らのファーストネームを詠んだ俳句が多い。妻になり母になる人生の変化の中で、ファーストネームとは、自分を指し示す大切なアイデンティティだったのだ。さきほど挙げた立子の句もそう。結婚して高浜の姓は変わっても、「父がつけしわが名」は変わらない。まさに一生もののプレゼントだ。

小瑠璃飛ぶ選ばなかつた人生に　野口る理

人生には無数の分岐点があり、私たちはいつもそのひとつしか選べない。ときには、選ばなかったほうの人生が、きらめいて見えることもある。そんな、あったかもしれない人生に、きらりと小瑠璃がよぎる。小瑠璃は夏の季語、美しい声で鳴く瑠璃色の小鳥だ。作者の名前は「る理」だから、小瑠璃は作者の分身でもあるだろう。選ばなかったパラレルワールドの私＝小瑠璃は、その世界で、いきいきと生きている。その姿を横目に見る涼しさが、今の暮らしも悪くはないと、素直に肯定できる心の平静をも与えてくれる。

成長とともにさまざまな変化を余儀なくされる女性にとって、名前というのは己の人生に一貫する数少ないもののひとつだ。だからこそ、女が拠って立つよすが、女の存在証明となるのである。

鶯やボウイに名乗る新苗字

紗希

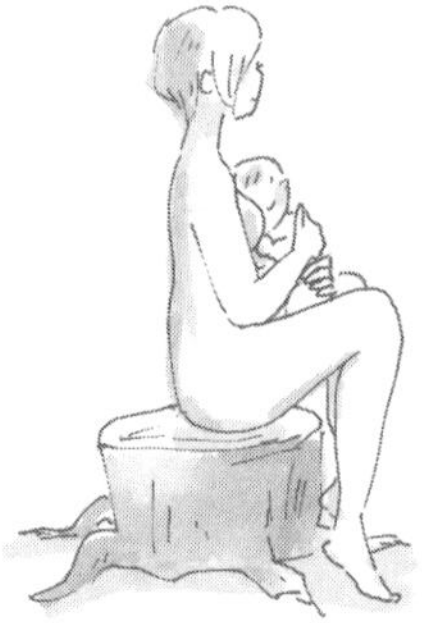

産む《うむ》

受胎とは瞼へ羽毛雪明かり　田中亜美

花杏受胎告知の翅音びび　川端茅舎

吾妻かの三日月ほどの吾子胎すか　中村草田男

うつうつと一個のれもん妊《みごも》れり　三橋鷹女

子を妊み林檎を黒く塗る絵描　田川飛旅子

てふてふのもたらすつはりかとおもふ　山根真矢

風光る白一丈の岩田帯　福田甲子雄《きねお》

花満ちてどかと豊腰妊婦かな　仙田洋子

熾り炭胎児に代り妻むせぶ　鷹羽狩行

露の世に妊りし掌のあつさかな　上田五千石《ごせんごく》

コスモスの中を進みて妊婦は船　山口優夢

臨月や冬の虹すら美味しさう　江渡華子

ごうごうと鳴る産み月のかざぐるま　鎌倉佐弓

凍光に薔薇あり母となる朝　柴田白葉女

雪を来し足跡のある産屋かな　野見山朱鳥

股の間の産声芽木の闇へ伸び　八木三日女

産声のまはりの無音花吹雪　鶴岡加苗

産終えて日向のようにあるスープ　対馬康子

身ふたつのなんの淋しさ冬麗　辻　美奈子

太古より安産痛し時鳥　池田澄子

穏やかな二月の朝。早春の光に満ちたリビングの窓が、いきなりダンダンと外から誰かに叩かれ、臨月間近の胎をさすりながらソファーで携帯電話をいじっていた私は、ハッと飛び起きた。逆光の窓に目を凝らせば、なんてことはない、見慣れた夫の顔が。窓を開けると「庭の草とりをしてたんだけど、ちょっとおどかそうと思って」といたずらっぽく笑う。「びっくりしたあ」と私も笑ったら、その瞬間に破水した。

天井や股間にぬくき羊水や　池田澄子

太ももの内側をゆたかに濡らすあたたかさが、あふれ出た羊水だと気付いたとき、私はこの句を思い出していた。ああ、本当に「ぬくき」としか言いようのない、やさしい温度。

股間に羊水を感じるということは、まさに産まれるそのときが来たということだ。「股間」というあられもない言葉が、出産という行為のなまなましさを物語っている。また、一句の中に「や」が二度も使われているのは異常だが、出産という一大事においては、その異常こそが自然なのだ。天井と羊水のどちらもを「や」で強調する禁じ手によって、見えている天井と、自分では見えない股間が、まったく別々に、しかし同時進行でつくづく実感される奇妙な世界認識が、誠実に投げ出されている。

とりあえず私が見つめたのは、天井ではなく、担架に乗せられて仰いだ青空だったが、視覚はこういうとき、本当に役に立たないと悟った。天井を見たって、青空を見たって、お産が進むわけでも楽になるわけでもない。かといって、目が開いている限りはそこにあるものを無益でも見つめることになる。その、圧倒的な事態に直面した際の視覚の棒立ち感が、「天井や」と、およそ接続しそうもない「天井」のあとに「や」が置かれたことで、ごろりと可視化した。

受胎とは瞼へ羽毛雪明かり　田中亜美

花杏受胎告知の翅音びび　川端茅舎

昨夏のある日、生理が来ないと思って妊娠検査薬を試すと、陽性と出た。それまでの数週間に受胎していたはずなのだが、肉体感覚としては何も変化はなかった。受胎とは実感のないものだということを実感し、一句目「瞼へ羽毛」のかろさが腑に落ちた。「瞼」と書かれたことで、視覚的に雪明かりのほのかな眩しさを感じられるし、降り来る羽毛や雪が、宿ったばかりの命のかそけさを教えてくれる。

茅舎の句は、キリスト教の聖母マリアの受胎告知のイメージだ。大天使ガブリエルがキリストの受胎をマリアに告げる受胎告知は、キリスト教文化圏の絵画に繰り返し描かれてきたモチーフで、かつては洋画家を目指していた茅舎にとっても、親しい素材だっただろう。しかし、茅舎の句が単なる絵画モチーフの移し替えにとどまらないのは「びび」という翅音を詠み込んだところである。絵に音は描けない。「びび」という震えによって、ダ・

ヴィンチやフラ・アンジェリコらの絵画の中の静止した時間が、一瞬ゆらめいて動いたような、不思議な感覚が呼び覚まされる。

現実的には、散策していたら、匂いやかな花杏のもとに虻か何かが飛んできて、びびと翅音を立てて過ぎた晩春の一風景があり、そこにふっと受胎告知のイメージを重ねたという感じだろうか。亜美の「羽毛」も茅舎の「翅音」も、生き物のかすかな気配を感じさせる語で、見えないけれどそこにある受精卵の命の気配を思わせる。

吾妻かの三日月ほどの吾子胎すか　中村草田男

はじめて感じた胎動は、下腹部の内側で泥鰌がにょろにょろしている感覚で、数週間すると今度は蛙が喉をふるわせているようなコロコロとした動きに変わった。泥鰌や蛙に比べて、草田男の三日月の比喩は、なんと美しくロマンにあふれていることだろう。

「吾妻」「吾子」と、「吾」を二回も繰り返し、さらに「かの」と、三日月まで特定することで、宿った命のかけがえのなさを喜んでいる。実際、胎児や赤ん坊の姿勢は、くるりと背を丸め、三日月のような形をしている。真っ暗な空にひらりと引っかかっている三日月のように、まだどこか頼りなくて遠い存在の胎児も、十月十日の間に成長してゆくのだ。満ちてゆく余白をたっぷり残した「三日月」に、これからの日々への期待が託されている。

うつうつと一個のれもん妊れり　三橋鷹女

子を妊み林檎を黒く塗る絵描　田川飛旅子

てふてふのもたらすつはりかとおもふ　山根真矢

妊娠にまつわる諸事は、楽しいばかりではない。その筆頭に挙げられるのが、つわりである。妊娠初期におこる吐き気や嘔吐などの症状を指し、たいてい妊娠五～六か月の安定期まで続く。テレビドラマで女性が「うっ」と口を押さえ、流しや洗面台でもどす場面が出てきたら、それはつわりの兆候であり、妊娠したという事実を示す象徴だ。ただでさえ食欲の落ちる真夏につわりの時期が重なった私は、脱水にだけはならないように、水ばかり飲んでいた。〈百日紅ごくごく水を飲むばかり　石田波郷〉である。

鷹女の句、「うつうつと」のどんよりした暗さと、レモンの爽やかな明るさという、反対のイメージを結びつけることで、幸福でありながら身体的なだるさに耐えねばならない妊娠初期の複雑な状況を、鮮やかに切り取った。「うつうつ」「れもん」が平仮名なのも、全体にやわらかい印象で、ぼーっとしている気分が伝わる。レモンなどの柑橘類には、つわりの吐き気を抑える効果があるといわれるが、この句のレモンはそうした具体的な効能をもたらす食材として置かれている以上に、ひとつの詩的な象徴だろう。おなかの膨らんだ妊婦の体形と、レモンの形とが重なって、レモンそのものが芳しく身ごもっているようでもある。

飛旅子の句、妊娠した女性の絵描がカンバスに向かっているのだが、様子がおかしい。林檎を黒く塗るなんて、異常な心理状態だ。林檎は、旧約聖書でアダムとイブが口にした禁断の果実として、西洋絵画でも繰り返し描かれてきたモチーフ。男女の性愛の起源に深く関わるその果実を黒く塗りつぶすのは、あるいは望まざる妊娠だったからなのか。それとも、出産へのおそれが心を狂わせてしまったのか。

真矢の句、つわりの実態には蝶々のような可憐さは皆無だが、「てふてふのもたら」したものだと思えば、単調で気持ち悪いだけの日々も、瞬間、軽やかさを帯びる。想像の翼が、現実をちょっと書き換えてくれるのだ。すべて平仮名で書かれていること、「かとおもふ」と類推の形で述べられていることから、ぼーっとした頭でふっと考えついたことのような、呟きのニュアンスが出ている。

風光る白一丈の岩田帯　福田甲子雄

犬のお産が軽いことにあやかって、妊娠五か月の戌の日に、安産祈願に出かける風習がある。神社で御祈祷を受け、おなかを守るために白いさらしの腹帯を巻く、それが「岩田帯」である。光るのは風のみならず、白もまた「光る」の語によって輝きを増す。一丈＝約三メートルの真っ白な帯に、春風がきらきらと吹き過ぎるとき、母に子に幸あれと、世界中が祝福しているかのようだ。

燻り炭胎児に代り妻むせぶ　鷹羽狩行

胎児の代わりに栄養をとるのなら常識的だが、代わりに燻り炭にむせぶというのがユニークだ。狩行の師の山口誓子は〈学問のさびしさに堪へ炭をつぐ〉と、炭という季語を学業の場面の青春性と結びつけたが、弟子の狩行は掲句で、炭を妊娠中の日常の一場面に置き、みずみずしい家族賛歌に仕上げた。

露の世に妊りし掌のあつさかな　上田五千石

妊娠は命を育む行為だが、妊娠中は不思議と、生よりも死が強く意識された。羊水検査をすると流産の確率が○○％ありますとか、妊娠○○週に満たない早産の場合は○○％助かりますとかいう情報を、産婦人科や本やインターネットで見聞きするたび、まだ見ぬ胎の子の無事を願い、それほどにか弱い存在なのだと再認識した。三十数年生きてきてこれまで、こんなに死を身近に感じたことはなかった。ほんの少しの歯車の狂いで、何が起きるかわからない、そんなはかない露の世だからこそ「妊りし掌のあつさ」が尊い。無常観の象徴である露は冷たく、対置された掌のあつさがさらに際立つ。

コスモスの中を進みて妊婦は船　山口優夢
臨月や冬の虹すら美味しさう　江渡華子

現在子育て中の山口夫妻の、第一子妊娠の際の句を、それぞれ一句ずつ挙げた。夫の優夢の句、船が波間を漂うようにコスモスへ分け入る身重の妻に、侵しがたい聖性を感じている厳かさが、ゆったりとした文体からにじみ出ている。華子の句、臨月にはおなかがすいてすいて、空にかかる美しい冬の虹ですら、食欲の対象になるのだと言ってのけた。冬の虹という雅を、食という俗に引きずりおろすことで、臨月の妊婦のエネルギーをぶちまけている。ロマンチックな夫と、現実的な妻。妊娠という事態を頭で捉えるしかない男と、否応もなく体で感じざるをえない女との違いが、如実に表れた二句である。

産声のまはりの無音花吹雪　鶴岡加苗
産終えて日向のようにあるスープ　対馬康子

産声の上がったその瞬間、無音のままに散る花吹雪。産み終えたあとの食事に、運ばれてきたスープの黄金色の輝き。花吹雪や日向といった自然と、なだらかにつながっている満ち足りた気分が、産後という時間の解放感を物語っている。

太古より安産痛し時鳥　池田澄子

そう、安産というと楽々と産んだように聞こえるが、安産だって恐ろしいほどに痛いのだ。痛い痛い出産を、太古の昔より、女は繰り返してきた。歴史の厚みを負った時鳥という季語が、その営みの普遍性を確かなものにしている。

身ふたつのなんの淋しさ冬麗　辻 美奈子

「身ふたつになる」は出産の意、一心同体だった十月十日の月日は過ぎ、別々の人間として歩み出したことに、一抹の淋しさを覚えているのか。私より一足先に出産した友人は「妊娠中の一体感が懐かしい、赤ちゃんをもう一度おなかの中に入れたい」と語っていた。私ももうすぐ産後五か月、妊娠中の時間はすでに遠い昔のことのように朧だ。日曜の朝、鈴の鳴るおもちゃを振って笑いあう息子と夫をキッチンから眺めつつ、からっぽになったおなかをさすってみる。

産み終えて涼しい切株の気持ち

紗希

言葉《ことば》

ゆきがふるかもつにぶたがないてるわ　山尾玉藻

生きるのがいやなら海胆にでもおなり　大木あまり

斜め上以外に虹が出たら呼んでよ　池田澄子

原子めく檸檬でいたい　いたいんです　松本恭子

みんな夢雪割草が咲いたのね　三橋鷹女

サイネリア咲くかしら咲くかしら水をやる　正木ゆう子

また同じ夢を見たのよ青葉木菟　矢野玲奈

よのはてのひやむぎゆでゝゐましたの　外山一機

菜の花月夜ですよネコが死ぬ夜ですよ　金原《きんばら》まさ子

これもあげるわしやぼん玉吹く道具　佐藤文《あや》香《か》

あたし赤穂に流れていますの鰯雲　攝津幸彦

椅子足りず柏餅また足るかしら　山田弘子

誠実に氷菓を痩せさせるあなた　櫂 未知子

おみかんと言ひて置きたる辞書の上　石田郷子

起きたくないよ雪だるま溶けてるし　江渡華子

緑雨ねと言い水色のシュシュを解く　塩見恵介

がんばるわなんて言うなよ草の花　坪内稔典

雨かしら雪かしらなど桜餅　深見けん二

粽《ちまき》つてこれ超可愛くなくなくね　佐山哲郎

めだか、三号機の代わりなんていないの　内田遼《はる》乃《の》

がんばるわなんて言うなよ草の花

坪内稔典

「がんばるわ」と意地らしくほほえむ女と、「そんなこと言うなよ」と切なく見やる男。この句から、私たち読者は、自然と男女のドラマを思い起こすことができる。それは、この句が、女言葉・男言葉という役割語を詠み込んでいるからだ。

役割語とは、特定のキャラクターと結びついた、特徴ある言葉づかいのことを指す。「そうじゃ、わしじゃ」といえばおじいさん、「ンだ、それはおらンだ」といえば田舎者、「ワタシ、おなかすいたアルヨ」といえば中国人。実際のおじいさんや田舎者や中国人がみなそのように話すわけではないのに、私たちは、こうした特徴的な言葉づかいを目にすると、特定の発話者をイメージする。役割語は、ある人物の特徴を表すための分かりやすい指標として、日本語を話す人たちに共有されてきた、虚構めいたコンテクストなのだ。

役割語は男女にも存在する。「僕」「俺」といった人称や「だぜ」「しろよ」といった語尾からは男性が、「あたし」といった人称や「ですわ」「かしら」といった語尾からは女性がイメージされる。冒頭の稔典の句でも、二人の登場人物の語尾に注目したい。「わ」が女言葉、「〜なよ」が男言葉。その役割語の指標から、私たちは、ほとんど無意識に男女のドラマを読み取っているのである。

かつての日本では、男は漢詩文を、女は仮名文字を使った文章を書き、性別によって書き言葉の文体が分かれていた。紀貫之が『土佐日記』で女を装って仮名文字を使ったことも、生身の性差とは別に、文体における性差が存在することを証明している。

あたし赤穂に流れていますの鰯雲　　攝津幸彦
よのはてのひやむぎゆでゝゐましたの　　外山一機

どちらも、男性作者が女性になりかわって詠んだ句だ。幸彦の句は「あたし」「いますの」が女言葉。「いますの」と柔らかに訴える語尾が、しなだれかかるように囁く。赤穂といえば忠臣蔵、女の入り込む余地のない男の世界。あてどなく浮世をさまよう中で、いつしかそんな赤穂にたどり着き、やはり定住の実感もわかずひっそりと暮らす女の目に、茫漠と鰯雲が広がる。前半の「あたし」「あこう」の「あ」の頭韻から、「いますの」「いわしぐも」の「い」の頭韻へと音が「流れて」ゆくのも、たゆたうような不思議を醸し出している。

一機の句、「ゐましたの」という敬語+「の」の丁寧な語尾が女言葉だ。さらに、すべて平仮名表記である点も、女は仮名書き文という歴史的文脈を意識させる。夏の暑い中、誰に会うつもりもなく薄い衣一枚で、冷麦という日常食を茹でている女は、この句によってそのことを誰に報告しているのだろう。

幸彦も一機も、「流れて」「よのはて」と、句の主体である女を、世界における周縁の存在として位置づけているが、これは女という性が置かれてきた立場をそのまま写し取ったものだといえる。これまで、男と女は、社会において決して対等ではなかった。政治でも文学でも言語でも、あくまで男が標準で中心であり、女は例外で周縁であるという認識が浸透しているからこそ、「女社長」「女流作家」「女性俳人」といった、あえて「女」を特別視する言葉も生まれるのだ（社長＝人間＝男であり、女社長は例外という発想が、これらの言葉を支えている）。

三界に家なき女の悲しみを、幸彦や一機は、一人称の女として、しなやかに語り直した。しかしそのことは、彼らが、女たちの深い理解者であることを意味しているのではない。幸彦も一機も、その作風を鑑みるに、中心ではなく周縁を志す者――規範や権威を茶化し無化しようとする志向の持ち主――である。彼らは、ときに戦略的に女のからだを借り、女の言葉を発することで、権威への反逆をいっそうしなやかに実現したのだ。

粽つてこれ超可愛くなくなくね　佐山哲郎

こちらは現代の若者言葉がそのまま句となった平成の作で、男性作者が女子高生になりかわって発話するスタイルをとっている。「可愛くなくなくね」とは、可愛くないことはないという二重否定、つまりとっても可愛いよね、と主張しているわけだ。この場合の「ね」は、「ンなことしたくねえ」「違うんじゃね？」など、本来は男言葉として使われていた「ね」だが、現代の若者は、性別にかかわらず、自然でフランクな表現としてこれを用いる。女らしい言葉づかい、いわゆる女言葉は、規範的であるため、いい子ちゃんらしく見え、大人や男に媚びているようだから、避けられる傾向にある。

では、この句において女性性を示しているのは何かというと、「超」という接頭語と「可愛い」という形容詞だろう。どちらも、渋谷のギャルや女子高生たちの間で爆発的に流行した言葉である。さらに、「粽」という男の節句の食べ物を「可愛い」という少女的な形容詞によって捉え直したことで、男性優位の社会構造から、女子たちが主導権を握り返している。この句の女子たちが〝超〟いきいきしているのは、粽のもつ社会的役割や歴史的意味を無視して、自分たちの作り出した文脈で、積極的に自由に、粽を再評価しているからだ。

ひるがえって、女性作者もまた、女言葉を無意識に採用しているわけではないだろう。そもそも文語で書かれることが主流である俳句においては、性差がはっきりあらわれる言葉づかいを使う機会が少ない。女言葉の含まれた俳句を探すと、おのずと、口語を取り入れた句が中心となる。文語という伝統に対する口語、標準語という規範に対する女言葉、いずれを採用することも、スタンダードに対して反旗をひるがえす、先鋭的な姿勢なのである。

そんな女言葉を語る上で欠かせない存在は、池田澄子だ。

じゃんけんで負けて蛍に生まれたの
想像のつく夜桜を見に来たわ
斜め上以外に虹が出たら呼んでよ
頬杖の風邪かしら淋しいだけかしら
要はどう死ぬかなのよねワインゼリー

「の」「わ」「よ」「かしら」「よね」といった女言葉の語尾を使い分けながら、一句一句に、生きた女の息づかいを吹きこんでいる。一、二句目、蛍も桜も、文学史において美しく詠まれ続けてきた伝統ある季語だが、澄子は蛍を「じゃんけんで負けて」転生する負の対象とし、夜桜を「想像のつく」と言い放つ。三句目、虹にはなかなか出会えないので見つけたら喜ぶのが常識だが、澄子は、虹がいつも斜め上に出ることへの不満をぶつける形で、その常識を覆す。四句目、風邪という病気と淋しさという感情、カテゴリーの違う二つを取り違えてみせることで、私たちの普段感じている風邪心地や淋しさの感覚に揺さぶりをかけてくる。五句目、「どう生きるか」という常套句を「どう死ぬか」と詠みかえて、生と死は表裏一体であるという真理を改めて突き付けた。

女が、社会にとって、例外で周縁の存在であるならば、だからこそ、規範から自由で大胆だ。どの句も女言葉を使うことで、固定観念の更新を、ナチュラルに促すことに成功している。

菜の花月夜ですよネコが死ぬ夜ですよ　金原まさ子

みんな夢雪割草が咲いたのね　三橋鷹女

菜の花月夜がネコの死ぬ夜だとか、すべては夢だとか、私たちの世界に隠されている真理を提示するのにも、女言葉は適している。女言葉という、社会から切り離された言葉を用いることで、これはパブリックではなくプライベートな発言なのだと読者の警戒心が解かれ、ある一つの見解として、案外素直に受け取ってもらえるのではないか。

めだか、三号機の代わりなんていないの　内田遼乃

第十六回俳句甲子園の東京予選で、東京家政学院高校に在学中だった作者が提出した句だ。三号機とは何だろうか。震災によって壊れてしまった福島原発の三号機を思い出してもいいし、アニメ「新世紀エヴァンゲリオン」の人型兵器を思ってもいい。エヴァでは、主人公の親友が搭乗した三号機は暴走し、主人公の乗った一号機の自動操縦によって破壊され、親友は左足を失うこととなった。

「三号機」だから一号機も二号機もすでにある。どんな三号機だとしても、機械的に数字を振られているそれは、すぐに代わりの見つかる程度のものなのだ。その代替可能な三号機に対して「代わりなんていない」と訴えてくれるのは、「めだか」という舌足らずな呼びかけや「の」という語尾から、少女的な、イノセントな存在だ。三号機と同じく、どれも同じに見えるめだかたちに、およそ理解できないような代替不可能性について懸命に訴えかける姿は、滑稽であるがゆえに切実である。「代わりなんていない」ことも、代わりはいくらでもいることも、どちらも真実で、彼女は「三号機」という代替可能な名称を持ち出すことで、その両方を句に抱き込んだ。

穂村弘に〈サバンナの象のうんこよ聞いてくれだるいせつないこわいさみしい〉という短歌があるが、恋人や世間ではなく「サバンナの象のうんこ」や「めだか」にこそ本音を聞いてほしいという主体の心には、人間への絶望が渦巻いているだろう。どちらの句も、本当は、読者である人間の心へ、「代わりなんていない」「だるいせつないこわいさみしい」という主張をひびかせたいはずだが、それを直接人間へ向けずに、めだかや象のうんこを経由させ迂回させて、その真実味を損なわないように神経を配っている。

もちろん、もう少し気楽に、句の世界に女を登場させるという単純な目的で、女言葉が用いられる例だってある。

おみかんと言ひて置きたる辞書の上　石田郷子

雨かしら雪かしらなど桜餅　深見けん二

生きるのがいやなら海胆にでもおなり　大木あまり

母の言葉だろうか、「おみかん」と「お」をつけたときの優しいひびき。「かしら」と天気を気にしながら、妻の用意する桜餅。「おなり」というのは魔女の使う言葉のイメージ。口語の迫力やリアリティにより、「生きるのがいや」という人を海胆に変えてしまう力が、本当に備わっていそうな気がしてくる。

女たちが実際に女言葉を用いているから、俳句に女言葉を詠むのではない。詠むべき心をより鮮やかに際立たせたり、句の世界をよりくきやかに描いたりするために、戦略的に女言葉を用いているのだ。十七音という短い俳句において、効率的にイメージを喚起させるために、女言葉というのは、有効なレトリックなのである。

ねえ海月輪のない土星なんて嫌

紗希

家事《かじ》

春の雪青菜をゆでてゐたる間も　細見綾子

戯曲よむ冬夜の食器浸けしまゝ　杉田久女

今日のこと今日のハンカチ洗ひつつ　今井千鶴子

はや寝落つ夜濯の手のシャボンの香　森　澄雄

子にもらふならば芋煮てくるる嫁　小川軽舟《けいしゅう》

空つぽの洗濯籠や囀れる　西村和子

盥かゝへて柿の鳥を見てゐたり　長谷川かな女

乙女らの白きもの縫ふ冬休　赤尾兜子《とうし》

秋風や柱拭くとき柱見て　岡本　眸《ひとみ》

縫ひかけて絲買ひにゆく秋の雨　高橋淡路女

退屈も楤の芽も天麩羅にせり　櫂　未知子

掃きあげしあとにバラ散るそれが好き　杉原竹女《ちくじょ》

草萌ゆる誰かに炊煮まかせたし　及川　貞

秋刀魚焼く煙の中の妻を見に　山口誓子

愛情は泉のごとし毛糸編む　山口波津女

ひたすらに飯炊く燕帰る日も　三橋鷹女

妻の座は厨に近し冬の月　飴山　實

明日といふ日もあるものを夜なべ妻　松尾静子

妻うたふ梅雨夕焼の厨より　加藤楸邨

針箱のどんぐり一つ年経ぬる　馬場移公子《いくこ》

二〇一六年の冬、巷の話題をさらった恋愛ドラマ「逃げるは恥だが役に立つ」は、恋愛と結婚が人生の必須ではなくなった現代に寄り添い、新たな価値観を提示した、画期的なストーリーだった。高学歴だが就職できなかった主人公・みくりは、これまで一度も恋愛経験のない独身男性・平匡と、仕事として契約結婚をすることに。契約結婚といっても住み込みの家政婦のようなもので、平匡から一定の給与を受け取る代わりに家事全般を引き受け、表向きは専業主婦のようにふるまう、というもの。しかし次第に二人は惹かれ合い、本当の恋人同士へと関係を深めてゆく。

みくりとの恋愛も順調な平匡だったが、ドラマの終盤、リストラに遭い、減収を余儀なくされる。そこで、みくりにプロポーズ。本当に結婚すれば契約結婚は解消される、これまでみくりに支払ってきた家事代行分の給与を支払わなくてよくなり、収入が減っても現在の生活水準を維持し、将来への貯蓄もできる、というのだ。

事情を聞いたみくりは「結婚できない」と返す。「僕のことが好きではない、ということですか?」と落胆する平匡に、みくりは「愛情の搾取」という言葉を使って応答する。好きで結婚しているのだからと無償で家事労働を妻にやらせるのは「やりがいの搾取」である、好きならばなんだってできるだろうって、そんなことでいいのか、と問いかける。

専業主婦の労働を賃金に換算した場合の年収は、二百万円とも一千万円ともいわれているが、これまで家事という無償労働に従事してきた女性たちへの理不尽を、明るみに引きずり出す痛快な一言だった。

みくりの台詞に頷きながら、私は次の句を思い出していた。

愛情は泉のごとし毛糸編む　山口波津女

夫へ子へ、愛情は泉のように涸れることなく湧き続ける。その愛情でもって毛糸を編み、セーターやマフラーで家族を温めてあげるのだ、と堂々と詠み上げた。たしかに「毛糸編む」とは手間のかかる行為で、愛情がなければなかなか遂行できないが、泉のような無償の愛を一句に刻んで誓う波津女には、「愛情の搾取」という言葉など思いもよらなかっただろう。愛があれば何でもできる、毛糸だって喜んで編む、まさに愛情を起点とした奉仕精神にあふれている。

私は永らく、この句が苦手だった。この句を見るたび、社会が女たちに強要してきたあるべき姿を思い出さざるを得ず、波津女のように立派ではいられない自分への劣等感を覚えてしまうのだ。もちろん、波津女はあくまで己の真実を述べたまでで、他人に同様の愛を強要しているわけではない。しかし、波津女の句によって太くなぞり直された既存の価値観は、いまだに私たちを縛っている。その呪詛から完全に解き放たれたとき、私ははじめて、波津女がこの句にこめた愛情を、素直に受け止めることができるだろう。

夫が社会に出て働き、妻は専業主婦で家庭を支えるという、戦後日本の家族のモデルケースは、もはやスタンダードではない。二〇一五年の労働力調査（労働政策研究・研修機構）では、共働き世帯の数が、専業主婦世帯の約二倍にのぼるという結果が出ている。夫も妻も同等に働くのであれば、家事も五〇％ずつ受け持つのが道理だ。ところが、二〇一三年の全国家庭動向調査（国立社会保障・人口問題研究所）によると、夫と妻の家事分担割合の平均は、夫が全体の一五％、妻が八五％という結果となった。共働き世帯においても、約三分の二の妻が、家事の八〇％以上をこなしているという。

実際、仕事から帰宅し、子どもを寝かしつけ、保育園から持ち帰ったよごれ物を洗濯機に突っ込み、翌朝のゴミ出しの準備などをしているとき、ふと、やるせない気持ちにかられる。私だって、今日中に、「女の俳句」の原稿、書かなきゃいけないのに！

草萌ゆる誰かに炊煮まかせたし　及川 貞

草の萌え出た春の野に憩っていると、つい時を忘れてしまう。あらもうこんな時間、帰って家族のごはんの準備をしなければ。ああ、誰か私の代わりに炊事をしてくれる人がいたら、もう少しこの野で風に吹かれていられるのになあ。去りがたさを述べることで、春の野の心地よさを言いとめると同時に、炊煮という女の仕事の大変さを率直に述べた点がこの句の魅力だ。

高浜虚子は大正五年、俳誌「ホトトギス」誌上に、女性俳人育成を目的として、台所雑詠欄を設けた。「台所に関するものを題とせる句を募る。台所・鍋・七りん・俎板・水甕・包丁・芋・味噌・鯛・鼠・猫・犬・灰神楽・煮こぼれ・居眠り・下働き・お三の類」とし、投句者は女性に限った。その台所雑詠欄から登場し、女性俳人のさきがけとなった長谷川かな女も、後に「今から考へると婦人の智識の低さを取り扱はれたやうなもの」(「俳句研究」昭和九年三月)と振り返っているとおり、女性といえば台所、という決めつけは、あまりに女性性を狭くとらえてはいやしないかと抗議したくなる。しかし、男性作者がほとんどを占めていた俳句の世界に女性を導き、俳句人口の拡大につなげた功績はやはり大きい。さらに、男性俳人には縁遠かった台所という素材を指定することで、厨事に詳しい女性たちが、これまでの俳句にはなかった素材や表現を引き込み、新たな俳句の地平を切り開いた。専ら女の仕事だった家事は、まさに当時の俳句のフロンティアだったのだ。

戯曲よむ冬夜の食器浸けしまゝ　杉田久女
縫ひかけて絲買ひにゆく秋の雨　高橋淡路女
掃きあげしあとにバラ散るそれが好き　杉原竹女

いずれも、女性俳句の草創期に活躍した俳人の、家事労働を題材とした作だ。久女の句、同じ作者の〈足袋つぐやノラともならず教師妻〉の句を、あわせて思い出す。この戯曲とは、あるいはイプセンの『人形の家』だろうか。寒い冬の夜には、水仕事はことに辛い。

その苦しい仕事は後回しにして、戯曲の中のめくるめく物語に束の間浸っているのだ。「戯曲」や「ノラ」といった語が象徴する、芸術に打ち込む自立した人生に対して、「食器洗いや「足袋つぐ」といった日常卑近の家事が取り合わせられている。久女のこれらの句において、家事とは、理想に対するしがない現実の象徴であった。

淡路女の句、裁縫に取り掛かってみて、糸が足りないことに気づいたので、すぐ買いに出た。わざわざ雨の中を、少し急ぎの針仕事かもしれない。しごく日常的な場面だが、こうした何でもない日常を忘れずに一句に掬いあげたことで、生きている女の時間に寄り添う句となった。求める糸の細さと、降る雨の細さが、しみじみと重なる。

竹女の句は庭掃除の風景。普通、きれいに掃き上げたら、その上に何も散ってほしくないものだが、バラだけは別だ。私の努力とバラの自然によって、庭に出現した美しい空間。それを、見つめる至福の時間は、掃き上げた人間の特権だ。てらいもなく「好き」と感情を述べるさまに、他愛のないことを喜べる主体の好もしさが表れている。

ひたすらに飯炊く燕帰る日も　三橋鷹女
春の雪青菜をゆでてゐたる間も　細見綾子
退屈も楤の芽も天麩羅にせり　櫂　未知子

三句とも炊事を詠んだ句だ。鷹女の句、燕が来る日も、子育てする日々も、そして秋になって南へ帰るその日も、私は毎日、飯を炊いて、繰り返しの家事をこなしている。こと「燕帰る日」は、自分だけが日常に取り残されるようで寂しい。燕と一緒に、ここから飛び去ってしまえたら……けれども、これが私の日々だ。「ひたすらに」のひたむきさの表明に、今ここで生きている私の生の肯定がある。

綾子の句、青菜をゆでるのは日常的な行為だが、それが詩に昇華されているのは、「春」という言葉から連想する桃色と、雪の白と、青菜の青、色彩のあざやかさゆえ。降り続ける春の雪の静けさが、日常の食の場面を、神聖な儀式さながらに美しくする。

未知子の句、楤の芽の天麩羅を揚げているのだが、一緒に「退屈」も揚げてしまうのだという。退屈とは、家事をこなさねばならない日常に倦んだ感慨か。せめて楤の芽で季節を感じて、退屈も一緒に平らげてしまいたい。「退屈」と「楤の芽」の共通点は、「た」で始まることくらい。いや、楤の芽のトゲトゲに、退屈の質感を託しているのかもしれない。いずれにせよ、諧謔に満ちた思い切りのいい句だ。

どの句にも「も」という並立の助詞が出てくる。あえて「も」と挿入することで、句に切り取った瞬間が、家事という延々続くルーティーンワークの中に置かれた一場面にすぎないことが強調される。

秋刀魚焼く煙の中の妻を見に　山口誓子

はや寝落つ夜濯の手のシャボンの香　森　澄雄
妻うたふ梅雨夕焼の厨より　加藤楸邨

男性から見た家事労働の句を三つ。誓子の句、見に来るくらいなら、すだちを切ったり長皿の準備をするなりしてほしいものだが、秋刀魚の香に誘われて、なんとなく手持無沙汰でそわそわ待っている夫の姿も、なかなか憎めないものだ。澄雄の句、夜まで洗濯して働き者の妻。頑張ったからこそ床に入ってすぐ眠ってしまうのだ。「はや寝落つ」のすこやかさも、シャボンの香の明るさも、作者をほっとさせてくれる要素だろう。楸邨の句、じとじとと続く梅雨の長雨と、延々終わることのない家事と。そんな中にも思いがけず、心にしみこむ夕焼の時間が訪れたりする。厨で歌う妻の心中は想像するほかないが、憂いの中にふっと日が差したような気分になって、おのずと歌がくちびるを漏れ出たのかもしれない。

今日のこと今日のハンカチ洗ひつつ　今井千鶴子
空っぽの洗濯籠や囀れる　西村和子

千鶴子の句、夜にハンカチを洗いながら、そのハンカチを携えて出かけた一日のあれこれを思い返している。「今日」という語のリフレインが、思い出を軽快に反芻させる。和子の句、洗濯籠が空っぽということは、物干し竿にずらりと、洗い立ての洗濯物が並んでいるのだ。達成感を「囀」の明るさが伝えてくれる。鳥たちもまた、木々に並んで、とりどりの声を上げているのだろう。すがすがしい青空が見える。

「女の俳句」というテーマで「家事」を立項したのは、かつて家庭という閉鎖空間の中で懸命に俳句を詠んだ女性たちのため。現代においては、家事を詠んだ俳句そのものに性差はない。男性だって、皿を洗い、秋刀魚を焼き、ハンカチを洗う。これからは、男性の詠む家事の俳句も増えてゆくだろう。

新妻として菜の花を茹でこぼす　紗希

私の場合、一事が万事、この句のありさまである。家事が苦手な女でも堂々と生きてゆける、寛容な社会を、切に求む。

新妻として菜の花を茹でこぼす

紗希

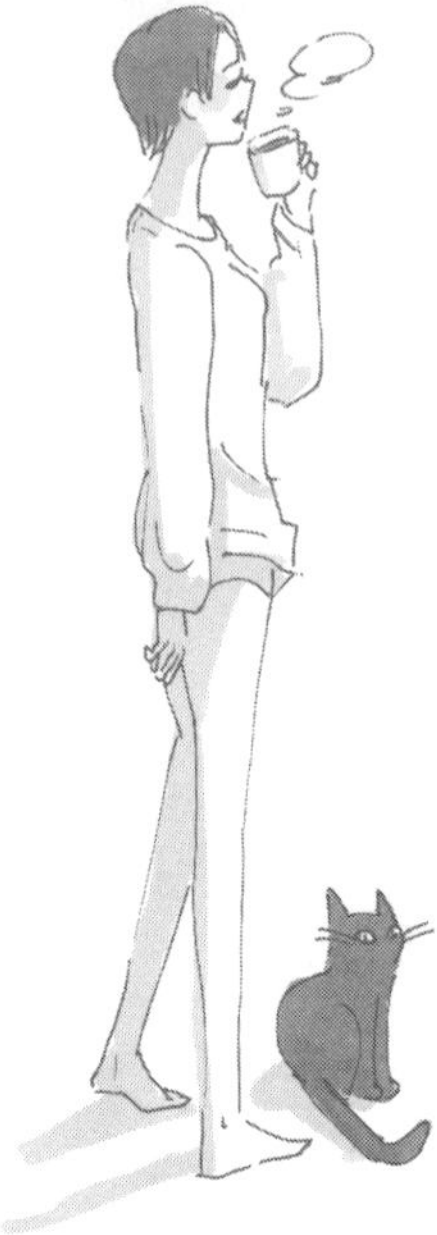

肉体

にくたい

月のものありてあはれや風邪の妻　森川暁水《ぎょうすい》

原子心母ユニットバスで血を流す　田中亜美

閉経までに散る萩の花何匁《もんめ》　池田澄子

ヴァギナの中の龍《ドラゴン》旱星　高野ムツオ

子宮からつづく坂道春は昼　中村安伸

からつぽの子宮明るし水母踏む　柴田千晶

子宮より切手出て来て天気かな　攝津幸彦

華麗な墓原女陰あらわに村眠り　金子兜太

精虫四万の妻の子宮へ浮游する夜をみつめていた　橋本夢道
星飛んでいま排卵のフィナーレ　田邊香代子
婦人科の椅子に化石の響きあり　鎌倉佐弓
原罪の股ぐら熱し実梅採り　熊谷愛子
末枯やねむりの中に生理くる　寺田京子
子宮とらば空洞にごうごう冬銀河　下山田禮子《れいこ》
啓蟄をかがやきまさるわが三角洲《デルタ》　櫂　未知子
窓の雪女体にて湯をあふれしむ　桂　信子
ブロンズの裸婦と向きあふ涼しさよ　仁平　勝《まさる》
炎昼の女体のふかさはかられず　加藤楸邨
女体冷ゆ仕入れし魚のそれよりも　鈴木真砂女
いま清き麻酔の女体朝の月　西東三鬼

初潮の記憶は、湯舟と結びついている。そのころ、我が家は建て替え中で、近所の古い借家に仮住まいしていた。旧式の汲み取りトイレの暗がりでそれを確認したとき、これがあれか、と思った。保健の授業で習ったときには、赤い血を想像してフラッと気持ち悪くなったが、実際にわが身に起こってみると、痛いわけでもないし、あっけない感じがした。続けて、なんだか面倒なことになったな、と思った。これを母に報告しなければならない。どうやらめでたいことらしいから、家族からも何かいわれるはずだ。そのとき、私は何を答え、どんな態度でいればいいのか、見当がつかなかった。むすっと黙ることでも、キャッキャと喜ぶことでもなさそうだ。結局、祖母の炊いた赤飯を前に、私はどうしていたのだろう。そこのところはすっかり忘れているが、その夜、一人で入ったお風呂の風景はよく覚えている。父や弟とにぎやかに過ごしていた、これまでのお風呂の時間とは違う、しーんとした湯舟だった。電球の灯が、ぴかぴかと明るかった。

原子心母ユニットバスで血を流す　田中亜美

「原子心母」は、イギリスのロックバンド、ピンク・フロイドの曲名「Atom Heart Mother」を直訳した、日本語のタイトルだ。当時の音楽プロデューサーの造語らしいが、想像を駆り立てる魅惑的な詩語である。すべての物質の素、大いなるエネルギーの素である「原子」。命の源である心臓や、人間の心、すべての中心といったイメージが湧き上がる「心」。「母」もまた、すべての生まれる源だ。この曲が発売された一九七〇年、亜美もまたこの世に生まれた。

ロックミュージックが遠く響く中、無機質なユニットバスの白いバスタブに、赤い血が流れる。自傷行為という解釈もできるが、私は生理の血を思う。子をなさなかった子宮から剝がれ落ちる内膜。毎月のこととして気だるく慣れてしまったが、これもまた、小さな卵子の死なのだ。そして、私が今たしかに生きているという、生の証でもある。女はユニットバスで、涙の代わりに血を流す。「原子心母」という言葉の中に住む、まぼろしの「子」と「母」が呼び合う。

入浴は、自分の性を強く意識する機会だ。ふだんは、好きな服を着て好きな言動をし、いくら性別意識から自由でも、肉体だけは、なかなか変えることはできない。服を脱ぐたび、鏡を見るたび、生理が来るたび、自分が女であることを思い知らされる。

シャワー浴ぶくちびる汚れたる昼は　櫂 未知子

望まざるくちづけの結果、汚れたように感じるくちびるを、真昼間のシャワーの湯で、からだごと清める。ハンバーガーにかぶりついたせいで汚れたくちびるなら、ナプキンで拭えばじゅうぶん。「シャワー浴ぶ」という入浴シーンが、精神的な汚れであることを思わせるのだ。男とのキスの記憶を、うっとりと思い返すのではなく、苦々しく忘れたい記憶として捉えているところに、男の理想を裏切る、女の本音が晒されていて快い。
さっき、服を脱ぐたびに自分が女であることを自覚すると書いたが、逆に、衣服が女らしさを語ることもある。スカートを脱ぎ、ブラジャーをとり、口紅を落とす。少しずつ、女らしさの鎧が脱ぎ捨てられていって、建前から本音の自分へと戻ってゆく。私は、私以外の何者でもない。風呂は、女が何も装わなくてもよい、自由な場所でもある。

啓蟄をかがやきまさるわが三角洲《デルタ》　櫂 未知子

仁王立ちしている女の裸体の中心に、黒々と輝く三角洲。啓蟄というむずむずする季語が、裸体によって引き起こされる性的な欲望を、秘することなくあっけらかんと露呈させていて、かえって性的な気分を遠くへ追いやっている。「わが」の一語もまた、ナルシシズムというようなうっとりとした気配ではなく、これが私であるという強固な自己主張をまとう。恥じらいを脱ぎ捨てた堂々たる佇まいに、圧倒されるばかりだ。「ふはははは」と、王者の笑いが聞こえてきそうである。

窓の雪女体にて湯をあふれしむ　桂 信子

女の肉感を、ゆたかに堂々と、十七音にあふれしめた。夜の闇に降る雪のモノトーンが、女体の肌色の柔らかな色彩を、雪の降る闇の冷たさが、湯のあたたかさや女の体温を、たっぷりと引き立ててくれる。あふれた湯がゆたかな湯気を立て、窓の雪をぼんやりと見えなくする。視界もまた、あふれんばかりの女体で占められる。

ブロンズの裸婦と向きあふ涼しさよ　仁平　勝

女体冷ゆ仕入れし魚のそれよりも　鈴木真砂女

冷えた女体もまた魅惑的だ。勝の句、ブロンズの彫刻の裸婦は、ゆたかな肉づきをもちながら、ひんやりと冷たい。季語「涼しさ」が、その冷たさに加えて、美しいがついぞ関わり合うことの不可能な女体との距離感を表す。美術館で、真面目に裸婦を見つめている自分を、ふと客観的に見て面白がったか。「向きあふ」、対面しているとあえて丁寧に関係性を示したことで、諧謔味が強まった。

真砂女の句、女体と魚の共通性を「冷ゆ」という点に見出した。女体がドライに捉えられていると感じるのは、「仕入れ」が無機質な業者の言葉だからか、魚になぞらえて、女の肉体のなまぐささまで余さず句にしたからか。魚の冷え、ぬめり、照りが、女体の肉感を、なまなまぬめぬめと伝えてくる。

炎昼の女体のふかさはかられず　加藤楸邨

真砂女のドライな視点とは打って変わって、暑い、熱い女体の句だ。めらめらと燃えるような夏の暑さの中、女と肌を重ねているが、その女体は、はかることのできない深さを秘めている。「ふかさ」は、女体の内側へと潜ってゆく意識であるはずが、いつの間にか、ぎらぎらとけむる炎昼の空の奥処へと突き進んでゆくような、不思議な感覚の転換が仕掛けられている。肉体の外側＝輪郭がなくなり、まぼろしのように、内側＝ふかさの感覚のみが残ってゆく。

こちらも、暑さの中に現れる、まぼろしの女体。

白粥に女体を想ふ大暑かな　　星野石雀《せきじゃく》

暑気あたりしたのか、体調を崩して白粥を啜る。その柔らかく清らかな白粥の姿に、女体を想起したというのだ。お粥にまで女体を見出せるようになるのは、相当のつわもの。体調を崩していても元気なものである。白粥は、啜られて、男と同化してゆく。「涼しさ」で線を引いた勝と、「炎昼」「大暑」で深くつながった楸邨・石雀。季語に見る女体との距離の取り方もさまざまである。

そういえば、二十代前半のころ、激しい胃痛と下腹部痛に悩まされていた。ストレスのせいかと思っていたが、そのうち、月に一度、生理の前後に特に痛みが強くなることに気づいた。子宮内膜症と診断され、それから十年、婦人科に通っている。婦人科の検診は、何度経験しても嫌なものだ。下半身丸出しで診察台にのぼり、足を大きく広げて待つ。医者からしたら日常なんだから、恥ずかしいと思う必要はないと言い聞かせつつ、こちとら非日常、やはり無意識に足が閉じてゆく。「もっと膝をひらいてくださいねー。」内部をうごめく器具のひやりとした固さ冷たさ。うぐぐ、嫌だ嫌だ。そんなときふと、次の句を思い出す。

婦人科の椅子に化石の響きあり　鎌倉佐弓

「化石」の比喩が、婦人科検診の器具の感触と、遠く響き合う。産婦人科ではなく、婦人科である。産む性のもたらす副作用に悩む人たちが訪れる場所だ。「子宮内膜症の方は、妊娠しにくい傾向にあります」。化石の静けさは、命から隔たった静けさ。私の通った婦人科の椅子はピンク色のソファーだったが、やはり化石の響きがした。

子宮より切手出て来て天気かな　攝津幸彦

だから、幸彦のからりとしたこの句などは、私をホッとさせてくれる。子宮から出てくるのは赤子でなくていい。切手なんて脈絡のないものが出てきたっていいのだ。そして、脈絡なくお天気で、書きたくなって書いた手紙をポストへ出しに行く途中、歌なんか歌っちゃったりしてもいいのだ。

からつぽの子宮明るし水母踏む　柴田千晶

水母のぐにゃりとした感触に、触れたことのない子宮の感触を思う。子どもを宿さないからっぽの子宮は、浜に打ち上げられてもうどこへも行けない水母の明るさで、ぐったりと体の底にある。海月と書かず「水母」として、「子宮」と「母」を響かせた。

星飛んでいま排卵のフィナーレ　田邊香代子

妊娠はせずとも、毎月、体内の深部で、排卵は繰り返されている。卵巣から、ひとつぶずつ放たれる卵子。空に飛ぶ流星と並び詠まれたことで、星も卵子も、宇宙の不思議な力によって導かれているのだと、荘厳な心地にさせられる。排卵した瞬間など、当人にも分からないものだ。流星の夜空を仰ぐまさにそのとき、女の体内でも卵子が星のように飛ぶ。極小の排卵と極大の宇宙を「で」で直結させた、ダイナミックな生命賛歌だ。

月のものありてあはれや風邪の妻　森川暁水
閉経までに散る萩の花何匁　池田澄子

生理には「月のもの」「月経」という呼び方もある。暁水の句、風邪をひいただけでも苦しそうなのに、そこに生理の辛さも加わった。「あはれ」と心配してくれる夫がいてうらやましいような、句の材料にされてやはり腹立たしいような。澄子の句、閉経までに流す血はあとどのくらいあるのだろう、と思うのが普通だが、それを散る萩の花の量に仮託した。いつか訪れる閉経までに、萩の花はどのくらい散るだろうか。「何グラム」ではややそっけない。「匁」という古い単位を使ったことで、レトロな気分が乗り、詩となった。ずっとずっと昔から、女は生理をその身に引き受け、血を流し続けてきたのだ。この萩はやはり紅萩か。ぽたり、ぽたりと、古びた赤が散る。

幼いあのとき、血の匂いのくらがりの中で「面倒なことになった」と思った私の感想は、おおむね当たっていた。あのあと、生理も面倒、恋愛も面倒、病気も面倒。女という肉体を持つことは、本当に面倒なことばかりだ。だからせめて、お風呂くらいは思いっきり浸かって、女体にて湯をあふれしめても、許してください神様。

ブラックコーヒー裸にさっとセーター着て

紗希

育児《いくじ》

子にましろき花の夏来る　三橋鷹女

ママお早う薔薇が咲いたとベッドの子　今井千鶴子

置けば泣き抱けば乳欲る日永かな　鶴岡加苗

短夜や乳ぜり泣く子を須可捨焉乎《すてっちまおか》　竹下しづの女

この母の骨色の乳ほとばしれ　鎌倉佐弓

豹柄の毛布の中の赤子かな　松本てふこ

脊《せ》なの児をゆすりて母の氷水　吉屋信子

朝涼のゴムの乳首を五分煮る　池田澄子

乳ふくます遥かに金の芒原　中嶋秀子

母の日や大方の母けふも疲れ　及川貞

越後女旅かけて商ひする哀れさを
麦秋や子を負ひながら鰯売　一茶

かあさんもりんごのあかも気に入らぬ　山澤香奈

ねんねこのその母のまだ幼な顔　古賀まり子

菓子ねだる子に戯画かくや春の雨　杉田久女

母と子のトランプ狐啼く夜なり　橋本多佳子

父が子に鶏見せてゐる母の視野　細見綾子

春宵の母にも妻にもあらぬ刻　西村和子

春風や右に左に子をかばひ　中村汀女

いつの間に母らしきわれ夏休　星野立子

子の血吸ふ舌いつぱいに春の泥　長谷川秋子《あきこ》

スマホをひらくと、幼い二人の娘を育てている友人が、SNSでまた呟いている。「今日もワンオペ！　死ぬ！」ワンオペとは、ワン・オペレーションの略。外食チェーン店などが、人出の不足する深夜帯に従業員を一人しか置かず、彼に全ての仕事をまかせる労働形態を指す。その言葉を転用して、どちらかの親が一人で家事や育児を一手に担う状態を「ワンオペ育児」というのだ。ワンオペ育児に陥るのは、パートナーの単身赴任や病気といった特別な場合だけではない。ごく一般的な家族でも、日々の残業でパートナーの帰宅が遅く、子どもを寝かしつけるまで、ごはんも風呂も、家事や育児全てを一人でこなす人が多いのである。過重労働に加え、核家族化や地域とのつながりの希薄化を背景に、育児の孤立化が進んでいる。

総務省の「社会生活基本調査」（平成二十八年）によると、六歳未満児のいる男女の家事育児一日平均時間は、男性が家事一時間二十三分（うち育児四十九分）、女性が家事七時間三十四分（うち育児が三時間四十五分）。男性が家事・育児にかける五〜六倍の時間を、女性がこなしている計算になる。また、厚生労働省の「雇用均等基本調査」（平成二十九年度）によると、育児休業取得率は、女性が八〇％以上なのに対し、男性は五％強にとどまる。共働き世帯がほぼ六割となった現代でも、「男は仕事、女は家事」「育児は女の仕事でしょ」といった考えがまだまだ根強いのだ。その現実と意識の差を埋めようとして苦闘する女性たちの悲鳴は、百年前の彼女の声とシンクロする。

短夜や乳ぜり泣く子を須可捨焉乎《すてっちまおか》　竹下しづの女

大正九年、女性俳句黎明期に「ホトトギス」雑詠欄の巻頭を飾った句だ。赤ちゃんは昼夜問わず、二〜三時間おきに乳を欲する。しかも彼らは、おなかがすいているのにミルクを口にせず泣きわめいたり、眠たいのにうまく眠れなくてぐずったりする、理解不能の生物だ。だから、母はいつでも睡眠不足。ただでさえ寝苦しい夏の夜、お乳が欲しくて泣き叫ぶ子をあやしながら、一瞬、もう捨ててしまおうか、と悪魔の考えがよぎる。漢文の「須可捨焉乎」は反語表現なので、「いや、捨てはしまい」という強い愛に裏打ちされた呟きなのだが、一瞬浮かんだネガティブな感情もまた、リアルな本音だ。当時、しづの女は三十三歳。二男二女の子育ての真っ最中だった。

救いは二点。本音がいったん知識を経由し、漢語調で語られたことで、苦しんでいる瞬間とは別の、一句に仕立てようとする意識が挟み込まれた。主体の嘆きが相対化され、本気で子を捨てようと思い続けているわけではないと分かる。もう一つは季語の選択。短夜は明け易い。黒い考えも、夜の闇とともに薄れ、新しい朝が来る。

「夫に言われる『ありがとう』が一番の励みです」。雑誌をひらいても、幸せな子育てばかり。「母乳で育った赤ちゃんは、愛情をたっぷり感じられて、ハッピーな人生を送れます」。インターネットには流言蜚語があふれる。いくら抱いても辛そうにのけぞって泣きわめく夜、母乳が詰まって痛い乳房を風呂場で一心不乱に揉む夜、風邪をひいても授乳期で薬が飲めないため、必死に咳をこらえた夜……育児がうまく行かず落ち込んでいるとき、脳裏に浮かぶのはこの句だった。「須可捨焉乎」、私の代わりに、誰かがもうこの言葉を吐いてくれている。それだけで救われた。

夏痩の肩に喰ひ込む負児紐　竹下しづの女
汗臭き鈍の男の群れに伍《ご》す　〃
母の名を保護者に負ひて卒業す　〃
子といくは亡き夫といく月真澄　〃

しづの女は、夫の早逝ののち、図書館で働きながら、五人の子どもを育てあげたシングルマザーだ。一句目、肩に喰い込むおんぶ紐が、子を育てる責任の重さを体に刻印する。先は長い。二句目、伍するべき男たちを、汗臭く愚鈍であると言い放つことで、女であることの生き難さと、それでも負けないしたたかさをこめた。三句目、「母の名を保護者に負ひて」とは、父の不在を示す。入学式や卒業式をはじめとする学校行事は、他の家庭との違いを如実に突き付けられる場だ。それでも強く生きてゆけと、無言の願いを胸に秘め、子を見つめる母の視線。四句目、子と歩いていると、亡き夫とともにいるような気がする。子どもに亡き夫の面影を感じては、心を支え直し、ここまで歩んできたのだろう。

育児は楽しいことばかりではない。辛いこともたくさんある。高浜虚子は俳句を極楽の文学だといった。病気や貧しさといった人生の苦しみを書く地獄の文学もあるが、俳句はその地獄から離れ、ひととき花鳥風月に心を遊ばせることができる、と。でも、その虚子が、このしづの女の短夜の句を巻頭に選んだ。育児にも、地獄と極楽がある。短夜の句は、たしかに地獄の文学だ。

置けば泣き抱けば乳欲る日永かな　鶴岡加苗
かあさんもりんごのあかも気に入らぬ　山澤香奈
母の日や大方の母けふも疲れ　及川　貞

一句目、置いたら泣くし、抱いたら乳を欲しがる赤子。片時も手を離せないエンドレスな育児を、日永という季語の「永」が象徴した。二句目、平仮名表記と内容から、子どもの幼さが類推できる。林檎が赤いことにまで腹を立てられても困るが、裏を返せば、母に対する反抗も、林檎が気に入らない程度の、無意味で脈絡のないものなのだ。あとはもう、三句目に尽きる。母の日に感謝をいわれても花を贈られても、日々の家事による疲労が消えるわけではない。嬉しいことは嬉しいが、疲れているものは疲れているのだ。

ちなみに、NHK放送文化研究所の「国民生活時間調査」(二〇一五年)では、女性のライフスタイル別の、家事時間の平均を調べている。「未婚」一時間三十六分、「既婚・子どもなし」四時間十三分、「既婚・子どもあり」六時間三十三分。女性は、家族が増えてゆくたび、家事時間が増えてゆくのだ。まるで、敵を倒せばさらに強い敵が現れ、レベルアップを必要とされる、ロールプレイングゲームのごとし。

育児そのものもまた、RPG的だ。子育てを終えた諸先輩方は、妊娠中には「生まれたら大変よ」、生まれたら「ハイハイを始めると目が離せないわよ」、ハイハイを始めると「歩き出してからが本番ね」と、脅しにも似たアドバイスをくださる。実際、体重の面だけ見ても、生まれたときは三キログラム程度だったのが、一年で十キログラムに成長するのだから、こちらも筋力をレベルアップしないとついていけない。

ねんねこのその母のまだ幼な顔　古賀まり子

この母の骨色の乳ほとばしれ　鎌倉佐弓

脊なの児をゆすりて母の氷水　吉屋信子

一句目、ねんねこ半纏で赤子をおんぶする母も、まだまだ子どものような顔をしている。「幼な顔」からは、年齢的な幼さだけでなく、母になりたての初々しさや頼りなさを感じる。二句目、「骨色の乳」が鬼気迫る。母から子へ飲ませる乳は、まさに母の骨身を削って生まれるのだ。三句目、子どもがいるとゆっくりご飯も食べられない。寝かしつけの前に、台所で卵かけごはんをかきこむのも日常だ。おんぶした子をゆすってあやしながら、ひととき啜る氷水の清涼感たるや。

いつの間に母らしきわれ夏休　星野立子
子の血吸ふ舌いつぱいに春の泥　長谷川秋子

そんな日々を繰り返しているうち、いつの間にか、自分が母らしくなっているような気もする。ある日子を得たそのときから、出産、授乳、嵐のように押し寄せてくる育児の現実。子どもが怪我をしたとき、とっさに口を付けて血を舐めるのは、母としての自覚からというより、目の前にその子がいるから。そんな風に現実に引き寄せられながら、母は事後的に、母らしくなっていくのだろう。

そしてもちろん、育児の極楽——幸福や喜びもある。

子に母にましろき花の夏来る　三橋鷹女
ママお早う薔薇が咲いたとベッドの子　今井千鶴子
母と子のトランプ狐啼く夜なり　橋本多佳子

鷹女の句、散歩中の母子か。あれはくちなし、あれは卯の花、初夏の白い花が次々に迎えてくれる。白という色が、夏の眩しさ、母子の無垢性、子どもの未来の可能性を象徴する。この句の肝は上五だ。「母に子に」ではなく「子に母に」の語順。母にさきがけて、子のほうがより、夏の到来に心つかまれている敏感な様子が伝わる。さらに「子と母に」ではなく「子に母に」。同じ時間を共有しながら、それぞれ見えている景色が違うかもしれない……母子という年齢差・経験差のある二人の主体の在りようを、ありありと写し取った。

千鶴子の句を見るとつい「バラが咲いた　バラが咲いた　まっかなバラが♪」（マイク眞木／作詞作曲：浜口庫之助）と脳内再生されるのは余談だが、いやはやなんて素敵な瞬間だろう。窓辺に咲く薔薇、ベッドで眠る子、「ママ」という呼び方、西洋風の世界観が、きらきらと言葉を跳ねさせる。薔薇が咲いたという当たり前の季節の巡りも、それをまだとても新鮮に感じる子どもの意識を媒介することで、一気に輝きはじめるのだ。育児の楽しさは、子どもの視線を通し、世界を再発見することにある。

多佳子の句、狐の啼く自然と対置して、母子の暮らしを相対化した。狐にもまた、家族があるかも。身を寄せ合いながら生きる命のありようを、童話風に表現した。

いずれも母子の濃密な時間が詠まれているが、ここに父が介在しないことの、父の不幸を思う。現在の性別役割分担のアンバランスについて、男性が女性に育児を押し付けているという捉え方もできるが、女性もまた、育児を男性から取り上げてはいないだろうか。「やっぱりお母さんじゃなきゃ」「父親だから呑気なことがいえるのよ」。女性が、その性別のみに拠って育児を自分たちの特権化するのも、ひとつの性差別だ。男性には、育児の地獄を分かち合ってほしいと切に願うが、同時に、育児の極楽も存分に味わってもらいたい。

春風や右に左に子をかばひ　中村汀女

春風のあたたかさに、右に左にかき抱く子の体温を思う。冒頭のワンオペ育児の友人、また娘が夜通し泣いていたらしい。大変だね、とメールを送ると、「可愛くなかったら耐えられない」と返事が。つまり、可愛いから頑張れちゃう、という反語である。そういえば、しづの女の短夜の句も反語であった。育児は一筋縄ではいかない。極楽と地獄、相容れないはずの双方が両立する怒濤の世界だ。だからこそ、両極を同時に成立させる反語の力が生きてくる。

乳母車押し卒業とすれ違う

紗希

恋愛

れんあい

ゆるやかに着てひとと逢ふ蛍の夜　桂　信子
好きなものは玻璃薔薇雨駅指春雷　鈴木しづ子
死なうかと囁かれしは螢の夜　鈴木真砂女
螢火や手首細しと摑まれし　正木ゆう子
雪はげし抱かれて息のつまりしこと　橋本多佳子
薄紅葉恋人ならば烏帽子で来　三橋鷹女
立秋の手紙は箱に妹は野に　中村安伸
逢えるなら露草色の帯揚げを　鳴戸奈菜

バッタ追いぬ男をひきとめるように　池田澄子

暗室の男のために秋刀魚焼く　黒田杏子

女学校冬晒《ふゆざれ》落書《らくがき》「I like him」　中村草田男

卒業す片恋少女鮮烈に　加藤楸邨

星祭バニラエッセンスひとふり　西山ゆりこ

前の世も女なりしよ星祀る　加藤三七子

エリックのばかばかばかと桜降る　太田うさぎ

香水やその夜その時その所　武原はん女

少女ゐてバレンタインの日の木陰　櫛部《くしべ》天思《てんし》

蜩や君の輪郭だけ下さい　田中亜美

春は曙そろそろ帰つてくれないか　櫂　未知子

天に牽牛地に女居て糧を負ふ　竹下しづの女

「君は、僕がいなくても大丈夫でしょ」。私がこれまで何度か経験した別れのたび、恋人から投げかけられたセリフである。より詳細な回答としては「君はたくましいから一人でも強く生きていける」「誰とでもうまくやっていけるよ」「可愛げがない」「もっと、僕がいないとって思わせてほしかった」といった文言が聞かれた。

たしかに私は、異性に寄りかかるタイプではないと思うが、サイボーグではないから、弱ったときにはそれなりに相手を頼ってきたし、一緒にいれば特別な幸福を感じる。しかし、これだけ呪文のように「君は一人で大丈夫」を繰り返されると、私は一人で大丈夫なのかもしれない、という気もしてくる。誰かと生きる資格がないのではないか、恋愛に向いてないのでは。少なくとも、一緒にいる恋人に満足を与えられないという点で、決して恋愛が得意なほうではないのだろう。いや、そもそも「一人で大丈夫」であることは、恋愛において、悪いことなのか？　自立した恋というのもありうるのでは？　そんな分析をしているから可愛げがないんだよ、というあなた、余計なお世話である。

逆ならどうだろうか。男性が女性に「あなたは、私がいなくても大丈夫でしょ」と責められ、一人で生きていけることを理由に別れられることはあるだろうか。その比率は女性ほどは多くないだろう。実際、女性が恋人に求める条件として、優しさや誠実さの次に、頼りがいを挙げる調査結果も多い。一方、男性が彼女に求めるのは、思いやりや癒し、家事能力などだという。頼りがいのある自立した女性がいい、という男性意見は、まだまだごく少数のようだ。やはり、頼りになる男＝女をヒロイン扱いできる男や、守りたい女＝男をヒーローにできる女が、恋愛市場の人気物件なのか。この旧式の男女観をまのあたりにするたび、自分がそこに当てはまらないことを再認識しては、ため息をつく。ヒーローはいらないし、ヒロインにならなくていい。自立した人間同士、対等な関係を望みたいだけなのだが。

そんなとき口ずさむのは、夏目漱石の小説『草枕』の冒頭だ。

智に働けば角が立つ。情に棹させば流される。意地を通せば窮屈だ。とかくに人の世は住みにくい。

まるで、女の恋愛の困難を語っているかのよう。理知的でもだめ、情に流れてもだめ、意地を通してもだめ。バカなふりして、適度に愛して、意地を張らない、かわいい女……うーん、とかくに女の世は住みにくい。

好きなものは玻璃薔薇雨駅指春雷　鈴木しづ子

螢火や手首細しと摑まれし　正木ゆう子

この二句などまさに、ヒロイン俳句だ。可憐さを遺憾なく発揮していて、女の私でも、守りたくなってしまうではないか。

しづ子の句、自分の好きなものを並べた、自己紹介形式の句だ。ガラス、薔薇、雨、駅、指、春雷……もろくて、美しくて、繊細で、ロマンチックなものばかり。駅は誰かを待つところ、指って誰の指なのかしら、春の雷がつやっぽい想像を連れてくる。そもそも、短い俳句の中に六つも好きなものを詰め込んでいる文体が、あれも好き、これも好き、決められない！　という乙女心を体現して見事だ。

ゆう子の句、蛍の飛ぶ闇の中、「手首、細いんだな」と言われて、彼に突然、手首をつかまれた。その瞬間、鼓動が最大級の激しさで鳴り出し、恋が始まる。恋愛ドラマや少女漫画のワンシーンとして、申し分ないセリフと場面設定である。こんな蛍狩り、体験したことありませんけども。どこの沢へ行ったら、素敵な男子に手首つかんでもらえるんですかね。

そもそも蛍は、和歌の昔から恋心の象徴として詠み継がれてきた。

　物思へば沢の蛍も我が身よりあくがれいづる魂かとぞみる　和泉式部『後拾遺和歌集』

あなたのことを思うと、この川に飛ぶ蛍も、あなたを慕うあまり私の体から抜け出てきた魂かと思えてきたよ。会いに来てくれない男を思って、縁結びの貴船神社に祈願しに来たとき、さまよい明滅する蛍の光に、はかない恋心を託した一首だ。

ゆるやかに着てひとと逢ふ蛍の夜　桂　信子

死なうかと囁かれしは螢の夜　鈴木真砂女

二人の作家の代表作となったこの二句も、そうした蛍×恋の伝統の系譜に連なる。いや、その系譜に連なったからこそ、これだけ人口に膾炙する句になったというべきか。

信子の句、蛍の夜に逢う「ひと」には、ほのかな恋の匂いがする。だって、「会ふ」じゃなく「逢ふ」だもの。「ゆるやかに着て」も、その危うさが色気を感じさせるのみならず、バリアを解いてリラックスしている心情を伝える描写だ。下五がもし「夜の蛍」だったら、逢瀬の場面をリアルに想像してしまい、なまなましさが句の気分を削いでしまっただろう。ぼんやりと「蛍の夜」の闇に還元することで、逢瀬の秘め事の雰囲気を、ゆたかに漂わせた。

真砂女の句、心中の誘いだ。夜の静けさを伝える、「死」「囁く」のS音のひそやかな調べ。蛍を見に来た夜の川のほとりで、恋人に、一緒に死のうか、と囁かれた。死を選ばねばならぬ、道ならぬ恋に、魂めく蛍があやしく明滅する。かつて、真砂女のひらいた小料理屋「卯波」で私がアルバイトしていたとき、真砂女の孫の宗男さんから、この句の話を聞いたことがある。「おばあちゃんにね、聞いてみたんだ。あの蛍の句は、実話なの？　って。そしたらおばあちゃん、『あんときゃ痺れたわよ』ってさ」。物語みたいなほんとのお話。やはり、伝説となるにふさわしい俳人である。

そういえば、ゆう子の「摑まれし」も、真砂女の「囁かれし」も、過去形で書かれている。すでに起きてしまった出来事として語られることで、否応なく恋の闇に搦め捕られてゆく心が描かれ、恋というものの引力の、激しさ、抗えなさが明らかになるのだ。

過去形であることの効果はもう一つ。ずいぶん時を経たのちにも、振り返ってかつての出来事をありありと思い出しているわけだから、それだけ特別な瞬間だったということを裏付けすることになる。経てきた時の流れが、恋愛の本気度を保証するのだ。

雪はげし抱かれて息のつまりしこと　橋本多佳子
香水やその夜その時その所　武原はん女

多佳子の句、雪が激しく降るさまを眺めつつ、思いは過去へ。かつて、バッと抱きしめられて、ハッと息が詰まった、そんな恋の瞬間があったなあ……。窒息するような雪が、私の息の根を止めた恋を呼び覚ます。はん女の句、「その」という指示語を使って想像を駆り立てた。たとえば「この夜この時この所」だと、もっと指示対象が近くなる。まさに今、眼前の出来事となり、今夜に賭ける恋の気合いを感じさせはするが、だからこそはかなく、忘れ去られそうだ。かつて、その夜、その時、その所へつけた香水の瓶を前に、恋の逢瀬を思い返している。嗅覚から呼び覚まされる記憶もある。視覚を閉ざされた夜の闇の中の出来事ならば、なおさら。

女学校冬晒落書《ふゆざれらくがき》「I like him」　中村草田男
卒業す片恋少女鮮烈に　加藤楸邨
少女ゐてバレンタインの日の木陰　櫛部天思

男性作家の詠む、恋する女は、可憐な少女であることが多い。草田男の句、女学校の冬ざれの風景の中、彼が好きだと英語で書いた落書きが目についた。好き、と日本語で書くよりも、英語で書いたほうが、ヒロイックな気分になるし、ちょっと暗号めいた感じもする。教室で黒板に向かっている女学生たちの中に、この告白を書いた少女がいるのだなあ。「冬晒落書」という造語めいた言葉も、妙な高揚感を伝えてくれる。それにしても「love」ではなく「like」であるところが奥ゆかしい。今の女子校ならば、男性の目を意識しない分、もっと劇的な単語が飛び交いそうだが、これも時代か。いや、単に男の理想が反映されているのかも。

楸邨の句は、片恋少女がついに卒業を迎えた姿を詠んだ。下五から類推するに、きっと告白したのだ。第二ボタンをください。これ以上ない生の燃焼を、素直に「鮮烈に」と彩った。ちなみに、中学時代の私は、バスケ部の副キャプテンの先輩が卒業するとき、片恋少女として鮮烈にアタックし、見事、第五ボタンを手に入れた。

天思の句、バレンタインデーの少女の一人を、木陰に置いた。さんざめく同級生の群れから離れ、誰かを待っているのか。舞台設定はじゅうぶん、さて、どんなドラマが訪れるだろう。あとは読者の想像にゆだねて。

薄紅葉恋人ならば烏帽子で来　三橋鷹女
バッタ追いぬ男をひきとめるように　池田澄子

鷹女の句、うっすらと色づく木々の紅葉に、色づきはじめた私の恋が象徴される。私の恋人にふさわしい男ならば、正装をして、烏帽子でやって来るはずだ、来なさい。有無を言わさぬ迫力だ。烏帽子という素材に、『源氏物語』をはじめとする平安貴族の恋を思う。彼らのように、熱く純粋な思いを抱き、教養を兼ね備えた男を求める女の横顔は、きりりと秋風に吹かれている。気安く心を許しはしないのだ。

澄子の句、「バッタ追う」とすればすっきり五音にまとまるのに、あえて「バッタ追いぬ」と字余りにしたことで、もたもたと、ずるずると、恋に未練を抱いてしまう私のダメさ加減が表された。「烏帽子で来」に憧れながら、実際は相手を引きとめようと必死に恋にしがみついてしまうのが、人の性というもの。

鷹女の句のかっこよさも、澄子の句のかっこ悪さも、恋を客観視している点で、同等に小気味よい。だいたい、澄子は、バッタと男を同列視しているのだ。そのくらいバッタが大切だし、ひきとめようとする相手もまた、バッタ程度のものなのかもしれない。

天に牽牛地に女居て糧を負ふ　竹下しづの女

逢えない恋人を思う天の川伝説のように、早世した夫を牽牛に見立てて恋い慕いつつ、それでも生きて家族を養い生活していかなければならない私を、たくましく詠んだ。昭和二十三年作、当時は戦争で夫を亡くした女たちも多くいただろう。一人で生きていく強さを身に付けた織姫たちは、米を負い、芋を提げ、天の川の下、家路をたどる。過去の恋を、ほのかに胸の内にひらめかせながら。

寂しいと言い私を蔦にせよ

紗希

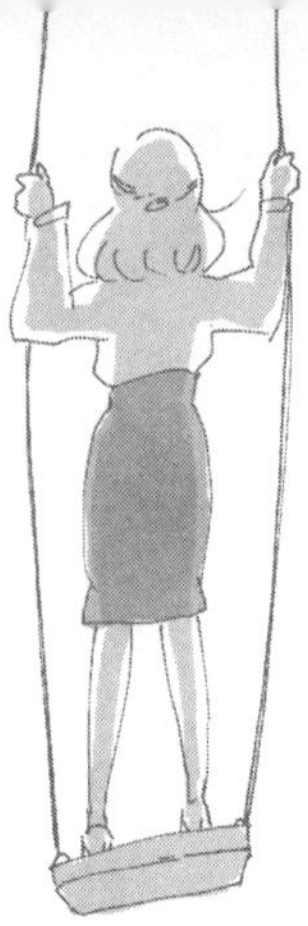

遊び

あそび

娘等のうかうか遊びソーダ水　星野立子

鞦韆《しゅうせん》にこぼれて見ゆる胸乳かな　松瀬青々《せいせい》

鞦韆に少女ベンチに若人ら　岸　風三樓

春の夜の細螺《きしゃご》の遊びきりもなし　大石悦子

ほとなしの眠人形ねむらする　三橋敏雄

家持たぬリカちゃん人形ひなたぼこ　岡田由季

縄跳の波がくり出す幾童女　野中亮介

野遊びの妻に見つけし肘ゑくぼ　森　澄雄

磯遊びつついつつい借りる男の手　宇多喜代子

帯といて遊船にある女かな　下田実花

手花火のために童女が夜を待ち待つ　山口波津女

紅茶のむ少女ら夜もスキー服　中島斌《たけ》雄《お》

我を捨て遊ぶ看護婦秋日かな　杉田久女

触れがたしげんげ田に寝る四童女　澁谷　道

ままごとにかあさんがゐて草の花　福《ふく》神《じん》規子

片恋の歌留多に負けてしまひけり　鈴木真砂女

手毬つく唄のなかなるお仙かな　飯田蛇笏

羽子つくや母といふこと忘れをり　池上不《ふ》二《じ》子《こ》

ふらここを乗り捨て今日の暮らしかな　野口る理

産むといふ遊びをしたき晩夏かな　櫂　未知子

一歳半の息子が、特に教えたわけでもないのに、電車を見ると激しく興奮する。ガタンゴトンと音が聞こえると、ベビーカーの上でそわそわしはじめ、姿が見えるとヒャアアと雄叫びをあげて凝視する。「やっぱり、男の子は電車が好きなのねえ」、道行くおばさまが、にこにこしながら通り過ぎてゆく。

女の子にはお人形さん、男の子には電車のプラモデル。性別で遊びが分けられていることに違和感を覚えていた私は、自分に子どもができたら、性別に関係なく、自由に遊ばせてやろうと考えていた。しかし、実際に息子をおもちゃ売り場へ連れてゆくと、電車のプラレールにくぎ付けで、その場を離れようとしない。喜ぶので、こちらも嬉しくなって、つい電車関連のグッズを買ってしまう。

ままごとにかあさんがゐて草の花　福神規子

家持たぬリカちゃん人形ひなたぼこ　岡田由季

ぬいぐるみや人形を使ったままごとは、家庭生活を模した遊びだ。父や母や子どもなど役割分担を決め、家事や接客のまねごとをする、女の子の遊びの定番だった。一句目、ままごとには必ず母さん役がいる事実を指摘したのみだが、草の花という健気でいじらしい存在を取り合わせたことで、その事実の裏に、母を持たない子どももいる実情や、もうここにはいない「私」の母への思慕が浮き上がる。

二句目、自分の家を持たないリカちゃん人形が日向に置かれてあるのを、行くあてがなくて日向ぼこしていると捉えた。リカちゃんは、発売から四十年以上のロングセラーを誇る、日本の着せ替え人形の定番商品だ。私も、スタンダードなリカちゃんを一体買ってもらって、靴を履かせたりドレスを着せたりと、ずいぶん遊んだものだ。人形とセットで、着せ替え用の服やドールハウスなどのグッズも販売されていて、どんなグッズを揃えているかで、友人同士、家庭の貧富の差が明らかになった。家を持たないリカちゃん人形の悲しみは、リカちゃんの家を与えてもらえない女の子の悲しみ。日向ぼこしているリカちゃんは、まさにその子の姿そのものなのだ。

男女の遊びの違いについて、かつては周囲の環境の影響だと考えられていた。しかし、どうやら最近の研究によると、母親の胎内で受けたホルモンの影響もあるらしい。(もちろん、電車が好きだからと電車のおもちゃを与えていたら、さらに電車が好きになる、という環境要因はある)。まあ、息子も別のタイミングでは、くまのぬいぐるみを抱きしめたり撫でたりしているし、キッチン用品を模したおもちゃにも熱中している。「男の子だから」「女の子だから」と性別を理由に遊びを制限したりせず、本人の求めに応じて遊ばせてやれば、それでいいのだろう。

私もかつて弟と二人、パンダのぬいぐるみを船長にして、世界一周の旅ごっこに興じた。船を模した白いかごには、トラもシマウマもみんな乗せ、さながらノアの方舟。地球儀をくるくるまわし、指でピタッと止めたところが行き先だ。カナダ、クロアチア、コートジボワール……地理が苦手な私でも、当時、想像の中で訪れた国名は忘れないのだから、三つ子の魂百まで、遊びって大切なのである。航海の途中で海は必ず荒れ、船医のウサギがクルーのけがを癒した。

片恋の歌留多に負けてしまひけり　鈴木真砂女

手毬つく唄のなかなるお仙かな　飯田蛇笏

羽子つくや母といふこと忘れをり　池上不二子

伝統的な正月の遊びは、性別でくっきり分けられている。独楽や凧揚げは男の子のもの、歌留多や手毬、羽子板は女の子のものだった。一句目は百人一首の歌留多とりの場面、片恋の思いを詠んだ歌の札を、他の人に先に奪われてしまった。なんだか、本当の恋愛バトルで競り負けたような悔しさだ。

二句目は手毬遊び。毬をつきながら歌うわらべ唄には、なぜか死にまつわる怖い内容が多かった。この句のお仙は、江戸時代のアイドル看板娘・笠森お仙だろう。東京では「向こう横丁のお稲荷さんへ一銭あげてざっと拝んでお仙の茶屋へ」という手毬唄がはやった。可憐な女の子たちが、手毬をつきながらお仙の唄を歌っている。手毬唄になるほど愛されたお仙とは、どんな女だったのだろう。思い描く余韻が「かな」にこもった。

三句目は羽子つきの場面だ。二人が向かい合い、木製の羽子板で羽子を打ち合う遊びである。負けたら顔に墨で落書きされる、罰ゲームもなつかしい。羽子板には装飾性の高いものもあり、災いをはね（＝羽根）のけて健やかに成長してほしいと願いをこめて、女の子の初正月に贈られた。不二子の句、娘の相手として羽子つきに興じているうち、自分が母であることを忘れ、童心にかえって楽しんだのだ。かつては私も少女だった。「遊びをせんとや生れけむ、戯れせんとや生れけん」（『梁塵秘抄』）、遊びの風景はなつかしい子供時代を思い出させ、私たち大人に、人生の意味を問い直させる。

春の夜の細螺の遊びきりもなし　大石悦子

触れがたしげんげ田に寝る四童女　澁谷　道

一句目、細螺は小さく平たい巻貝で、女の子が指ではじくおはじき遊びに使われた。春の夜に延々とおはじき遊びをしている……ほのかな愁いの兆す句だ。春の艶やかさと、細螺という言葉の華奢な響きがあいまって、うっとりと日本風浪漫が漂う。

二句目、童女が四人、れんげの花咲く田んぼに寝転がっている。花飾りを作って遊んでいたのだろうか。「触れがたし」の語が結界となり、彼女たちの無垢性を美しく守っている。四人というのも重要なポイント。一人ならナボコフの『ロリータ』的少女偏愛の世界へ片足突っ込むし、二人なら同性愛的な気分と読めなくもない。三人だとどこか不均衡で、五

人以上だと多すぎる。『若草物語』にせよ谷崎潤一郎の『細雪』にせよ、女四人というの

はとても華やかで、彼女たちだけで世界が完成するのだ。

遊びの場面は、子どもたちの無垢ゆえに、ときに聖性を帯びる。

縄跳の波がくり出す幾童女　野中亮介

手花火のために童女が夜を待ち待つ　山口波津女

一句目、「大波小波」と歌いながら跳ぶ大縄跳びだ。その縄の波から、次々に女の子が飛び出してくる。実際には、数人の子が出たり入ったりを繰り返しているのだろうが、「幾童女」と多数を示唆されると、縄の奥から無限に童女が再生されてゆく、神の業を見ているような不思議な感覚に陥る。

二句目、夜になったら手花火をしようと、女の子が日がな一日、楽しみに待っている。「待ち待つ」と、同じ動作を二回繰り返したことで、延々と待ち続ける童女のひたむきさが伝わってくる。この童女が抱いている思いは、祈りと呼んでもいい。夜を待つ理由も、童女だから手花火なわけで、大人になれば、恋人の来訪を待つことになるのかもしれない。「逢瀬のために夜を待ち待つ」である。「手花火のために」と心のこもった表現に、そんな深読みをしたくなる。

鞦韆にこぼれて見ゆる胸乳かな　松瀬青々
鞦韆に少女ベンチに若人ら　岸風三樓

鞦韆＝ぶらんこも、古くは中国の宮女の遊具として、女の遊びのイメージが強かった。一句目は胸元をあらわにぶらんこを漕ぐ女性の姿。夢中で漕いで衣服が乱れたのだ。「こぼれて見ゆる」とは、なかなかの豊乳である。子どもっぽい内面と、成熟した女の肉体とのギャップがたまらない。二句目、ぶらんこを漕ぐ少女と、ベンチにたむろする若者たち、世代の違う二者をポンポンと並べた。少女はぶらんこに、若人はベンチに寄りやすきもの。互いにのびのび空間を共有している、春の午後だ。別の読み方をすれば、若い男たちが少し離れたところから、少女を品定めしているように見えなくもない。

娘等のうかうか遊びソーダ水　星野立子
紅茶のむ少女ら夜もスキー服　中島斌雄
帯といて遊船にある女かな　下田実花

少女期を過ぎて大人になっても、さまざまな遊びが待っている。
立子の句、娘たちが浮足立ってカフェで遊んでいるさまを「うかうか遊び」と造語風にまとめた。中村汀女と鎌倉山で遊んだときの句だそう。季語が「ソーダ水」だから、オチが利いてかわいい。うかうか遊びって、なあんだソーダ水のことかい。これが「夏の夜」などであったら、クラブで踊り明かす渋谷のギャルになる。

斌雄の句は、スキー旅行の少女たち。たっぷり雪を滑った夜、少女らはまだスキー服を脱がず、おしゃべりしてティータイムを楽しんでいる。恋の話を中心に話題は尽きない。紅茶のぬくもりと、外気の寒さの対比も印象的だ。少女たちは今まさに、寒く厳しい社会へ出てゆく前、大人の庇護下にあるモラトリアムのぬくもりに包まれている。実花の句、夏の納涼の舟遊びだ。漕ぎだした川の上、けだるそうに帯を解いてくつろいでいる女は、とても色っぽい。

産むといふ遊びをしたき晩夏かな　櫂　未知子

なんと「産む」という行為すら「遊び」と呼びなしてしまうのだから、たくましいものである。出産という神聖視される行為に対して挑戦的な物言いに見えるが、手のひらからすべてがこぼれ落ちていくような焦燥にかられる晩夏だからこそ、新しい何かを産みたいという思いが、コポリと湧くのだ。とはいえ、出産が身に迫っていないからこそ「遊び」といえるのでもあって、この句には、宙ぶらりんな「私」が、がらんと立っている。もう、ままごともスキーも恋も、他のことはたいていてい、遊び尽くしてしまったのだ。

ほとなしの眠人形ねむらする

三橋敏雄

少女をかたどった眠り人形はまぶたが動く仕掛けで、寝かせると目を閉じ、抱き起こすとぱっちり目を開ける。人形だから、ほと＝陰部まで作る必要はないのだが、あらためて「ほとなしの」といわれると、その不完全な肉体のあわれが思われると同時に、彼女を抱く少女にはたしかにほとがあり子宮があり、いつか子を産む遊びだってできるのだと思い至る。

ああ、私のリカちゃん人形は、今どの押入れの闇で眠っているのだろう。眠る息子の、絹のようにやわらかな髪をなでていると、リカちゃんの髪のきしきしとした感触を、てのひらはもう思い出せない。

産めよ殖やせよぶらんこの脚閉じよ

紗希

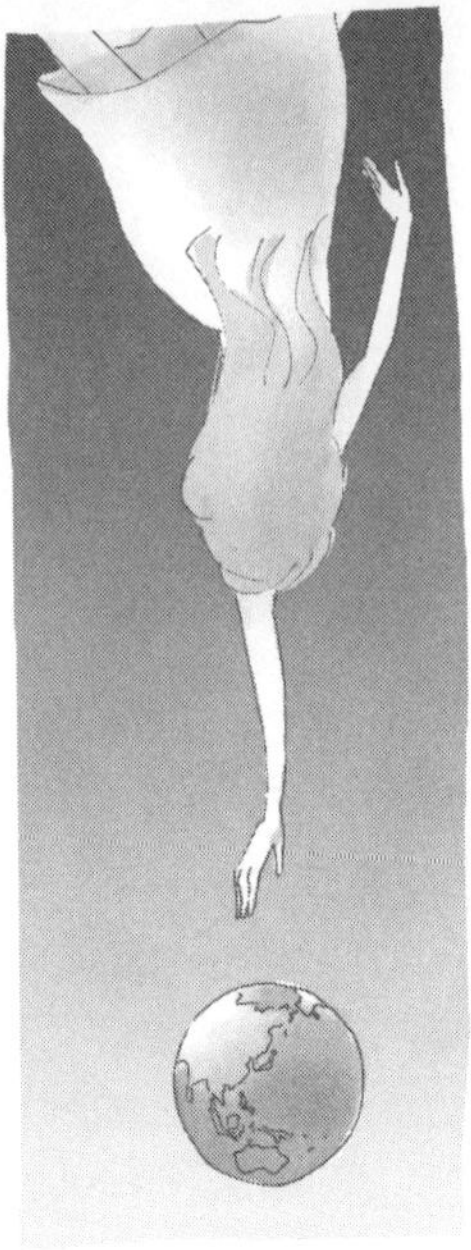

女《おんな》

総金歯の美少女のごとき春夕焼　高山れおな

桐一葉落ちて「俺って嫁にどうよ？」　関　悦史

モナリザは泣いてゐたんだ後の月　葛《かつら》城《ぎ》蓮《れん》士《じ》

いもうとをのどかな水瓶と思ふ　大塚　凱《がい》

引鶴！　ねえアフリカが全部ほしいの　外山一機

かすむけやき僕ほんとにないのかな子宮　福田若之

春光にさらして角砂糖かわいい　木田智美

缶チューハイ女子寮のみな洗ひ髪　西山ゆりこ

剛力彩芽冬薔薇の束騎手に渡す　トオイダイスケ

梅園を歩けば女中欲しきかな　野口る理

姫の死の前に子は寝て暖炉の火　髙柳克弘

胎内は河原の白さ日傘差す　田中亜美

おっぱいなくても女は度胸いぼむしり　井原千恵理

巫女それぞれ少女に戻る夏の月　津川絵理子

目撃者全員男雪女　仲村折《せつ》矢《や》

夏川に浸るエレベーターガール　江渡華子

秋刀魚焼くあなたのような子を産んで　工藤　恵

討入や少女漫画の花泡立つ　中村安伸

卒業の別れを惜しむ母と母　小野あらた

三つ編みをして台風をやり過ごす　今泉礼奈

夜、息子の洗濯物を畳みながら「あー、女じゃなくて、人間になりたい！」と嘆くと、「なに馬鹿なこと言ってんの？」と夫が笑う。しかし、こちらは大真面目である。テレビでは、キャリアウーマンに扮したお笑い芸人の女性が「あー、女に生まれてよかった！」とにっこりポーズを決める。「何が面白いのかね」と夫。たしかに、そう面白いセリフでもない。しかし、堂々とした立ち居振る舞いは爽快で、何となく目が離せない。彼女に憧れて、化粧や服装を真似する女性も多いらしい。そういえば、明治期のベストセラー、徳冨蘆花の『不如帰』では、姑にいびられ結核で死んでゆく主人公・浪子が「ああつらい！　つらい！　もう――もう婦人《おんな》なんぞに――生まれはしませんよ」と思いの丈を絞り出していた。百年ちょっと経って、たしかに時代は変わったが、今の時代でも「女に生まれてよかった」と手放しに笑顔になれる人は、どのくらいいるだろう。

六年半にわたって続けてきた連載「女の俳句」も、今回で最終回となる。女性俳人が詠んだ俳句ではなく、俳人が女性を詠んだ俳句を、テーマ別に収集してきた。作者の性別や属性に関わりなく、できる限り十七音のテキストのみで判断しようと試みたのだ。例句の収集が難しかったのは、読者の持つジェンダーバイアス＝性別による偏見を、どこまで考慮するかという点である。次の、近代女性俳句黄金期を支えた四人の女性俳人・四Tの代表句を見てみよう。

〈採録しなかった句〉

鞦韆は漕ぐべし愛は奪ふべし　三橋鷹女

月光にいのち死にゆくひとと寝る　橋本多佳子

咳の子のなぞなぞあそびきりもなや　中村汀女

まゝ事の飯もおさいも土筆かな　星野立子

〈採録した句〉

薄紅葉恋人ならば烏帽子で来　三橋鷹女「恋愛」

罌粟ひらく髪の先まで寂しきとき　橋本多佳子「髪」

春風や右に左に子をかばひ　中村汀女「育児」

いつの間に母らしきわれ夏休　星野立子「育児」

採録しなかった句も、女性俳人の名吟として俳句史に刻まれているが、主題である恋愛や育児や家事は、本来女性の特権ではなく、男性にも開かれているはずのものだ。汀女の句、「いつまでなぞなぞ続けるの」と父が嘆息したっていい。採録された句にしても、たとえば鷹女の句、貴族男性の装束だった「烏帽子」を恋人に求める主体は女性の可能性が高いとして採録したが、男性同士の恋愛の可能性もないとはいえない。汀女の句、春風の柔らかさが母＝女性の体の丸みを、「かばう」という動詞が非力な女性を思うよう促すかと考え採録したが、こちらも父子の光景を思ったってかまわない。時代が変わり、男女観が変われば、読者の感覚も変わる。

家事や育児も、かつては女性の仕事だと考えられてきたが、今ではその性別役割分担を疑問視する意識が広がりつつある。かつての読者は、女性俳人が詠んだ家事や育児の句なら、女性の姿を詠んだ俳句だと受け取っただろう。だが、家事や育児をする男性の姿も自然となりつつある現在の読者には、また違った風景が見えるはずだ。

たとえば川名大氏は、汀女の〈外にも出よ触るるばかりに春の月〉を挙げ、「内に向かって呼びかける弾んだ声の届く先には夫や子どもたちがいる」「『外にも出よ』という弾む声は家庭の幸福なくしてはあり得ない。汀女は家族を癒す母性の原型を築いたのだ。」(「家庭の幸福と癒す母性」『モダン都市と現代俳句』平成十四年九月)と、彼女の人生と結びつけ、母性というキーワードの中で解釈しているが、作者の性別を加味しなければ、この句は極めてユニセックスだ。私は一人暮らしの大学生のころ、九階のワンルームのベランダに出て、大通りの車のクラクションを聞きながら、よく夜空を見上げていた。そんなとき、汀女の「外にも出よ」の声が聞こえてくる。その響きは母性の癒しというより、アニミズムの敬虔《けいけん》に似ていた。都会のベランダで、田んぼのそばの家の戸口で、難民キャンプで、登山小屋の窓で、一人一人が思い思いに春の月を見上げる。私にとって「外にも出よ」は、夫や子ども、家族といった小さな単位を超えて、命全体へ向けられた、大いなる呼びかけだった。

そう、時代が変われば性別に対する意識が変わるので、現代の若手の作品から例句を選ぶのは、さらに難しかった。過去の俳人に比べ、性別を特定する表現がほとんどなく、男性の句も女性の句も、ユニセックスな印象が強い。既存の男らしさ、女らしさから自由になりつつある世代なのだ。数年前、俳句総合誌で若手俳人特集が組まれた際、男性に青、女性に赤の枠がつけられたデザインに、性別を明示する必要の是非や、性的マイノリティへの配慮が足りないことへの批判の声が上がった。作者の性別による句の解釈もまた、すでに前時代的な読みとなりつつある。

最終回の二十句抄は、現代の若手の作品から選んだ。たとえば次の句は、既存の男女観を意図的に書き換える意志が見える。

桐一葉落ちて「俺つて嫁にどうよ?」　関　悦史
かすむけやき僕ほんとにないのかな子宮　福田若之
おっぱいなくても女は度胸いぼむしり　井原千恵理

悦史の句、男性の一人称「俺」と、女性の属性「嫁」とがイコールで結ばれた。BL(ボーイズラブ)と呼ばれる男性同士の恋愛を思い浮かべる。たとえば、女性への愚痴をこぼす友人男性に、俺ならそんなことしないのにな、俺と付き合ってみる?と冗談めかして恋心を打ち明ける場面だろうか。初秋の気配が、軽い口調に混じる真剣さを響かせる。前半は「桐一葉落ちて天下の秋を知る」の引用。秋の訪れに気づくように、いつも隣にいた親友が恋愛対象になるかもしれないことに気づいた、新たな価値観の目覚めを演出する。

若之の句、「僕」という一人称で男性を匂わせたうえで、男性にはないはずの子宮の不在を彼が疑い始めるという転倒を起こした。女性はたいてい生理を体験するので、痛みや出血の実感を通して、子宮の存在を疑う余地がない。「ほんとにないのかな」と確信が持てない時点で、やはり彼は「僕」なのだ。霞んで存在感の薄いけやきが、生殖の中心から隔離された男という性の、生の希薄さを象徴しているか。

千恵理の句は第二十回俳句甲子園入選作。「おっぱい」という俗語で大胆に開口し、胸の話題に掛け「度胸」の語を引き出す。おっぱいなんて、いぼみたいなもんよ。交尾のときにオスを食べる、蟷螂のメスのしたたかさも重ねたか。女性の身体的特徴、胸の大きさや脚の細さなどは、目に見える分、不特定多数の消費対象となりやすい。大きく膨らんだ胸の好まれる時代、胸の小ささにコンプレックスを抱く女性も多いが、そんな悩みを跳ね返す力強い励ましの句だ。

春光にさらして角砂糖かわいい　木田智美

智美の句、「かわいい」は少女的な日本文化を象徴する語として、平成のグローバル文化戦略に用いられた。女子たちは、従来かわいいとされていたもの——子猫やリボンやお姫様——だけでなく、妙にリアルな造形のキャラクターや自分たちの変顔など、独自の感性で見つけてきた、自分たちの「かわいい」を発信する。彼女たちには、角砂糖だって「かわいい」の対象。何をかわいいと思うかが、そのまま、彼女たちの個性なのだ。与えられる「かわいい」など要らない。自分の力で世界を書き換えるたくましさは、春光のように眩しい。

卒業の別れを惜しむ母と母　小野あらた
巫女それぞれ少女に戻る夏の月　津川絵理子

あらたの句、女同士で連帯する母たちを、異質な種としてぼんやり見つめる視線。絵理子の句、神社で巫女バイトをした少女たちが、装束を脱ぎ、夏の月の下、それぞれの家へ帰ってゆく。巫女であることから解放されたやすけさが、月の涼しさと通い合う。

缶チューハイ女子寮のみな洗ひ髪　西山ゆりこ
夏川に浸るエレベーターガール　江渡華子

これらの句はいずれも「女子寮」「エレベーターガール」と女性を示す客観的な言葉が挿入されている。しかし、この句に出てくる女性たちは、今このとき、自分が女性であることを忘れているだろう。

ゆりこの句、女子寮のにぎやかな夜だ。ビールでもカクテルでもない缶チューハイの気安さは、かつて俵万智が〈「嫁さんになれよ」だなんてカンチューハイ二本で言ってしまっていいの〉（『サラダ記念日』）と恋の小道具として詠んだが、ゆりこの句では、女子同士で飲む友情の小道具として登場する。風呂上りですっぴんの彼女たちは、今、誰の目も気にせず、のびのびと女を忘れて大笑いする。

華子の句、エレベーターガールとして百貨店に勤務する女性が、制服姿のまま、夏の川にその身を浸しているところを想像した。やや異常な光景だ。女性としての振る舞いを求められ続ける日常と、本来の私とのギャップが開きすぎたとき、彼女は川に来て自分をリセットするのかも。そう考えると、巫女の禊のようでもある。

生きている私は、女や男である前に、まずは人間だ。圧倒的な今に没入する瞬間、私たちは自分の性を忘れているし、忘れることができる。この句の女性たちの解放感は、性別から解き放たれたひとときの自由がもたらすものだろう。

モナリザは泣いてゐたんだ後の月　葛城蓮士

モナリザのあの表情は、泣いたあとだと断じた。モナリザを一人の生きた人間として描いたのが新鮮で優しい。後の月のわびしさが、彼女の表情を切なく見せる。良妻賢母とうたわれる汀女の朗らかさだって、本当は泣いたあとの明るさかもしれないのだ。

月を見ながら考える。女という属性から逃れることは、なかなかに難しい。だからこそ、女の私と人間の私との間で葛藤しながら生きる、俳句の中の女たちの輝きは、私の心をとらえてやまない。少女、母、父、妻、夫、部長、先生……人はみな、いろんな顔を持ちながら、この社会で、それぞれの属性を生きている。女という顔も、属性の一つ。その奥にいる一人の人間の存在を忘れさえしなければ、「女の俳句」はこれからの時代にも、人間の生のありようが現れる一つのかたちとして、読み継がれてゆくだろう。……おっといけない、輝く月の前でくらい、女であることを忘れよう。人間であることだって忘れたっていい。それが俳句だ。朝が来て、社会が動き出すまで、ほんのひととき、命のひとつとなって、月の下に眠る。

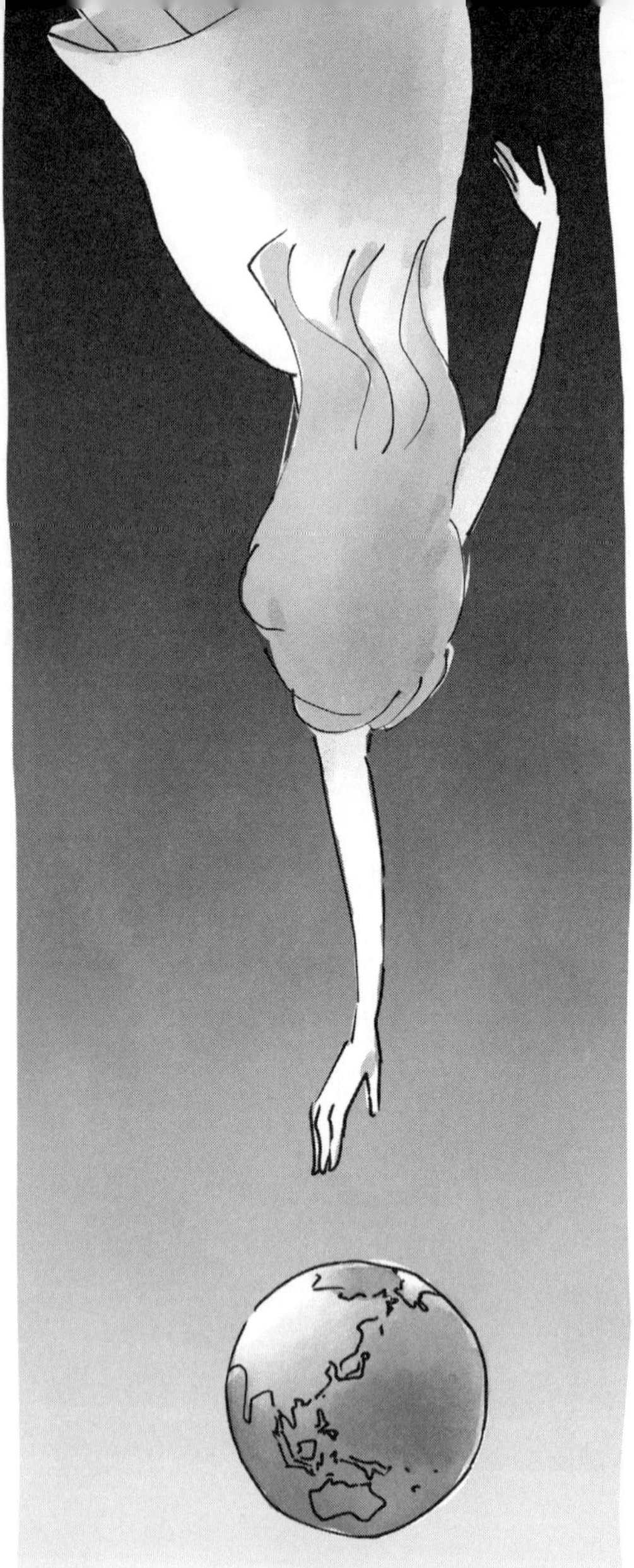

水澄むや宇宙の底にいる私

紗希

あとがき

この本は、ふらんす堂の季刊誌「ふらんす堂通信」に二〇一二年から二〇一八年まで連載した原稿に加筆修正してまとめた。約六年をかけて、女をテーマに古今東西の俳句を集め、一句一句と対話しながら私の解釈や考えを述べてきた。

連載開始当初から約六年が経つ間に、世間の男女観も大きく変化した。私自身、過去の連載原稿を読み直して、性別に関する先入観に搦め捕られた表現がしばしば出てくることに驚いた。こんなこと書いていたんだなあ……気づいた範囲で修正も加えたが、まだまだ未熟な認識も残されているだろう。

時代が変われば、価値観も、性別の捉え方も変わる。これから訪れる新しい時代が、この本が時代遅れだと笑われるくらいに、一人一人が縛られず、自分らしく生きられる世の中になるといい。そして、そんな自由な時代にも、俳句の中に息づいている女たちの生きざまは、命を燃やしたひとつひとつの証として、人々の心を揺さぶる力を失わないだろう。

連載から書籍化まで、導きサポートしてくださったふらんす堂のみなさま、実は全員女性である。女同士の連帯が、六年を書き継ぐ底力となった。ことに後半は、出産・育児でドタバタしていた私だったが、おりおり励ましていただいたおかげで、何とか一冊にまとめることができた。表紙と各章の挿画を描いてくださったのは今日マチ子さん。女性の弱さと強さを表現してきた今日さんの絵は、俳句に息づく女たちの生を、キュートにいきいきと具象化してくださった。この本を作るにあたってお世話になったみなさまへ、あらためてお礼申し上げたい。

葛藤も苦悩も人生のエッセンスだよと達観することは、私もまだなかなかできないけれど、俳句の中の女たちに励まされ、言葉の自由に心を解放しながら、何とか今日を乗り切り、次の朝を迎えよう。いつか、「らしさ」から自由になれる、その日まで。

神野紗希

平成三十一年三月

著者略歴

神野紗希（こうの・さき）

俳人。1983年、愛媛県松山市生。第1回芝不器男俳句新人賞坪内稔典奨励賞受賞。句集に『星の地図』（マルコボ.com）、『光まみれの蜂』（角川書店）。著書に『日めくり子規・漱石　俳句でめぐる365日』（愛媛新聞社・第34回愛媛出版文化賞大賞）、『もう泣かない電気毛布は裏切らない』（日本経済新聞出版社）、『30日のドリル式　初心者にやさしい俳句の練習帳』（池田書店）ほか。お茶の水女子大学大学院博士後期課程修了。現代俳句協会青年部長。明治大学・聖心女子大学講師。

著者 神野紗希ⓒ 発行日 二〇一九年一〇月三〇日初版発行 発行人 山岡喜美子
発行所 ふらんす堂 〒一八二-〇〇〇二 東京都調布市仙川町一-一五-三八-二F
電話 〇三(三三二六)九〇六一 FAX 〇三(三三二六)六九一九
URL http://furansudo.com/ MAIL info@furansudo.com
装丁 和兎 印刷製本 日本ハイコム㈱ 定価 本体二〇〇〇円+税
ISBN978-4-7814-1228-3 C0095 ¥2000E
落丁・乱丁本はお取替えいたします。

女の俳句

おんなのはいく